叢書・ウニベルシタス　723

ユリシーズ　グラモフォン

ジョイスに寄せるふたこと

ジャック・デリダ
合田正人／中　真生 訳

法政大学出版局

Jacques Derrida
ULYSSE GRAMOPHONE
Deux mots pour Joyce

This book is published in Japan by
arrangement with Éditions Galilée, Paris
through Japan UNI Agency Inc., Tokyo.

目次

廻り合せ

いかにしてひとつの発話、二語からなるひとつの発話は、輪《ロン》を描いて堂々巡りに陥ることなく、円環的にみずからを囲い込むことができるのだろうか。いかにしてそれは、自分自身について語ることをやめることなく、それどころか自分自身へと回帰することで、何か他なるものを語ることができるだろうか。ひとつとなった二語は。

これら今も古びることなき隠喩《メタフォール》もしくは、このおよそありそうにないトポロジーの常軌逸脱を注視し、その隔たりを辿るなら、次のことを受け入れなければならないだろう。すなわち、言説なるものがナルシシズムを断つためには、とはいわないまでも、少なくともナルシシズムを見るべきもの、思考するべきものたらしめるためには、その言説は自分自身について語らねばならないのだ。〔1〕自分自身について、自分に到来するものもしくは自分と共に到来するものについて語らねばならない、他なるものへと自分を差し向け、遂には他なることがらを他なるものに向けて語るためには。円環に刻印・封印（inscription）されつつも、なおもこの刻印で声が響いていることを受け入れなければならないだろう。そのとき、声は縁に・周りに（*autour*）と語る。縁に・周りに。周りを廻ること、周りにあること。そうした廻り合せ《シルコン・スタンス》〔周辺情勢〕のなかで、ユリシーズは幽霊（revenant）のように帰還する。

以下の二つの試論は、しばしばそう言われるように、単にその周辺情勢《シルコン・スタンス》の徴し《マルク》〔marque は marche（辺境地帯）、marge（余白）と同語根の語〕、その痕跡を留めているだけではない。これらの試論が現在形でなおも講演の形式を有していたとき、それらはまず、いわゆる周辺情勢を見やりながら、それを呈示するために発せられたのだった。この周辺情勢は周辺に位置しているのではなく、むしろ行程の中心を占め、省察の火元、その焦点のすぐ近くにある。そのとき語られたことは、この周辺情勢を取り巻き、それに係わり、その周囲を廻り、その主題について言明されているように思えた。ここにいう周辺情勢が、ある討議であれ、あるいはまた、こうした討議とジョイス批評の組み立てのような暗黙の規約、「ジョイス研究」の組織〔慣習〕との一方と他方を、一方を他方と同様に可能にするもの――もしくはそれをまったく不可能にするものであれ。

周りにあること、周りを廻ることについては、序でに指摘しておくと、持ち寄ること《コン・フェランス》〔講演ないし会議〕ないし持ち廻ること《シルコン・フェランス》〔円周〕、一周航海《シルコム・ナヴィガシオン》ないし輪状の切断《シルコン・シジョン》〔割礼〕などの循環的運動が、あるゆる種類の周回《トゥール》と回帰《ルトゥール》がここでは最も頻繁に繰り返される主題を描いている。

周辺《シルコン・フェランス》〔持ち廻ること〕を廻るような指示《レ・フェランス》〔持ち帰ること〕は可能だろうか。指示は何を持ち帰り、何を伝えるのだろうか。このような回帰する問いの射程《ポルテ》〔譜面、繁殖力〕ないし送料《ポール》はいかなるものだろうか。その寄港地《ポール》はいかなるものだろうか。

だから、今ここでは、周辺情勢としての、発話の状況――一方では「ルヴュー・パルレ」〔話の広場、と訳しておくが、ジョルジュ・ポンピドゥー・センターの催しで現在も継続されている〕他方では「シンポジウム」――が格別な主題であり、分析の対象であり、数々の問いに問いとしての資格を与えるものなのである。発話のある状況は数々の特異な出来事（évênements singuliers）〔この語は situation, coïncidence, circonstance といった本書の他の鍵語の同義語で、évênements étranges［奇異な出来事］というオデュッセイアの意になる〕を伴っており、これらの出来事は発話の状況から決して切り離されることはない。だから私は、そうした出来事を示す数々の指標を後から中和して無効にすることはできなかったし、そうしようとも思わなかった。これらの特異な出来事への指示《レフェランス》を一時中断すること、情状《シルコンスタンス》を酌量してそれらの出来事の重みを軽減すること、更には、それらの出来事の残滓〔第一の抹消の残滓〕を抹消すること、それはこれらのテクストを破壊し、それらを二度までも消滅させることではなかったか。ただし二度目の抹消は、これらのテクストをより十全に保存し、それらのなかにあって、その場で即座に消費し尽くされることを運命づけられたものからこれらのテクストを護るための抹消なのだが。これは、テクストを、自己破壊的な人為物・遺物《アルテファクト》〔技術の所産〕であるというその条件に連れ戻すことだったのだろうか、それとも、そうではなかったのか。そもそもの成り立ちからして、その宛て先、行き先がその場での蕩尽と定められているような人為物・遺物——自己破壊的もしくは自己消費的なモノ（*self-destroying* ou *self-consuming objects*）。おそらく、テクストとは実はそのようなものにほかならないのだろう。おそらく、テクストはそのようなものにとどまるのだろう。とすれば、やるべきことはこの点を確証する《コンフィルメ》〔テクストのこれらの徴しを強固にする〕ことくらいだろう。

しかし、なぜだろうか。なぜそれを確証するのだろうか。これらの徴しはいかなる条件のもとで反復されうるのだろうか。また、反復されなければならないのだろうか。これらの徴しにとって、残存する（*rester*）〔ハイデガーの『存在と時間』にいうRest〔未済分〕をふまえた表現〕ということはいかなる意味をもつのだろうか。こうした操作が反復されうるかどうかは決して分からないし、また、蓄音機《グラモフォン》もしくは磁気録音機《マニエトフォン》（テープレコーダー）という装置がこの操作にとって本質的なものかどうかも決して分からない。こうした操作が一度でも作動したことがあるのかどうかも決して分からない。ただ、この書物を出版することで、私は事後的にこのような心配を分かち持ち、ある仮説を提起し、問いを増やしたかったのだと、ひとまずしておこう。

「ジョイスに寄せるふたこと」（Deux mots pour Joyce）は、一九八二年一一月一五日、『ジェイムズ・ジョイスに寄せて』（*Pour James Joyce*）と題された討議に際して、若干の覚書にもとづいて即興的になされた短いスピーチを書き写したものである。この討議は（「ルヴュー・パルレ」の企画の一環として）ジョルジュ・ポンピドゥー・センター、在パリ・アイルランド大使館、英国文化振興会によって主宰された。討議のコーディネーターはジャック・オベール〔Jacques Aubert. リヨン第二大学の英語・英文学教授〕とジャン＝ミシェル・ラバテ〔Jean-Michel Rabaté. ディジョン大学の英語・英文学教授〕で、ラバテはというと、今回の討議の議長を務めると共に、自身もエレーヌ・シクース〔Hélène Cixous, 1937- . フランスの小説家、文芸評論家。『ジェイムス・ジョイスの流謫』一九六八の著者〕と私の前に発表を行った。録音の転記はまず英語で出版された（『ポスト構造主義的ジョイス——フランス語論文集』〔*Post-Structuralist Joyce, Essays from the French*, éd. Derek Attridge and Daniel Ferrer, Cambridge University Press, 1984〕）。次いでそれはフランス語で『レルヌ』誌（*L'Herne*, 50, 1985）に掲載された。

「ユリシーズ　グラモフォン」（*Ulysse gramophone*）は、一九八四年六月一二日にフランクフルトで開催されたジェイムズ・ジョイス国際シンポジウムの冒頭で発表され、まず最初に『バベルの生成』（*Genèse de Babel*, éd. Claude Jacquet, CNRS, 1985）に掲載された。

ジョイスに寄せるふたこと

1

もうかなり遅い。もっとも、ジョイスを論じるにはいつも遅すぎて時間が足りないのだが。そこで私としては二つの語を語るにとどめたい。

私はこれら二つの語が何語なのかをまだ知らないし、それらがいくつの言語から成っているのかも分からない。

いくつの言語を、ジョイスのこれら二つの語に宿らせることができるだろうか。いくつの言語をそこに挿入ないし刻印することができるのだろうか。いくつの言語をそこで保持もしくは焼尽し、称賛もしくは冒瀆することができるだろうか。

私は二つの語を語るつもりだが、ただ、それは『フィネガンズ・ウェイク』のなかで、語を数えることができるとして、である。ジョイスの高笑いがこの挑戦を貫いて響き渡っていく。「それなら、私が使い尽くした語や言語を数えてみたまえ！　語や言語をひとつずつ弁別して数え上げるあなたがたのやり方〔同一化と計算の原理〕があるというなら、それを試してみたまえ！」、と。ひとつの語とは何なのか。

ジョイスの笑いについては、おそらくもう一度語ることになろう。言語については、専門家たちが数えたところ少なくとも四〇ほどの言語があった、とジャン＝ミシェル・ラバテが教えてくれた。

そこで例の二つの語だが、私は、エレーヌ・シクースがたった今われわれに語ったばかりのことをもう一度投じて、再び喚起したいだけである。すなわち、原光景であり、申し分のない父〔本書九〇頁参照〕であり、法であり、耳による悦楽（jouissance par l'oreille）である〔ジョイス自身意識していたように、Joyce には jouissance, joy が含まれている〕。それをたとえば英語で直訳すると、*by the ear* となってしまうが、それはまた「耳《オレイユ》」（oreille）という語による、その方法での悦楽でもある。ただし、耳によって悦楽することがどちらかと言えば女性的な悦楽であるとしてだが。

これら二つの英語の語はいかなるものだろうか。

それらは半分しか英語ではない。みなさんがお望みなら、それらを十全に聴取し理解したいと思うなら、つまり、それらを聴くだけでなく読むことを望むなら、それらは半分しか英語ではない。

『フィネガンズ・ウェイク』（258.12）〔柳瀬尚紀訳、上二五八頁〕のなかから、それら二つの語をあらかじめ摘出してみよう（prélever）。

HE WAR

私は「エイチ・イー・ダブリュー・エイ・アール」(HE WAR) と綴ったが、第一の翻訳を素描しておくと、「ヒー・ウォー」すなわち「「彼、戦争」(IL GUERRE)[2] となる。「彼は戦争する」「彼は戦争を宣言する」「彼は戦争を行う」ということだが、若干のバベル化を施して〔英語以外の言語を少し交えて〕それを発音することもできる。というのも、これら二つの語が登場するのは、『フィネガンズ・ウェイク』のなかでも特に多言語が混淆するバベル的場面においてだからだが、――HE WAR の一部をゲルマン化、ひいてはアングロ‐サクソン〔ブリテン島を侵略したドイツ北方の民族名で、今日のイギリス人の根幹をなす〕化して発音することもでき、その場合には、「ヒー・ヴァール」すなわち「彼はあった」(il fut)、「彼はそうであるところのものであった」(Il fut celui qui fut) となる。ヤハウェなら、「私はあるところの者である」(Je suis celui qui est)、「私は私がそうであるところの者である」(Je suis celui que je suis)、「私は私という者である」(Je suis qui je suis) などと言ったことだろう。それがあったところに、彼はあった (Là où c'était, il fut)[3]、戦争を宣言しつつ。そしてそれは真実であった。それがというのは、WAR の母音を引き延ばして耳を傾ける時間を作ることでもう少しこの翻訳を推し進めるなら、war は真実、つまり *wahr* となるからだ。そして、それこそが、真理のうちに保持 (*wahren, bewahren*) できるものなのだ。[4] 神は保持する。神《イル》は戦争を布告することで、みずからを保持するのだ。
イル、それは〈神〉(Il)であり、「彼」(lui)であり、男性形で〈私〉と言う者である。〈神〉とは布告された戦争であり、彼は布告された戦争だった。戦争を布告することで、彼はそれがあったところのもの、真理であったところのもの——戦争状態にある存在としての真理——であり、戦争を布告した者は、布告された戦争によって、初めにありき戦争を布告するという行為によってみずからの真理の正しさを立証したのだ。布告することはそれ自体がひとつの戦争の行為であり、彼は複数の言語で、言語に対して、言語によって戦争を布告し、それが複数の言語を与えたのだが、これこそ、ヤハウェがバベルという単語を発したそのときのバベルの真実なのだ。バベルという単語については、混乱をまき散らすこの単語が名詞だったのかどうか、固有名詞だったのか、それとも普通名詞だったのかを言うのは難しい[5]。

時間がないので、さしあたりはここでやめておきたい。が、他の数々の変換が可能である。それも実に多数の変換が。それらの変換と関連させて、私はまたすぐ後でこれら二つの語を取り上げることにしたい。

2

この会場に来る途中、ずっと考えてきたのだが、結局のところ、エクリチュールというこの狂気〔法外な大きさ〕のなかには、おそらくは二つの大いなる様式、というか二つの大きさ〔偉大さ〕しか存在しないのではないだろうか。この狂気ゆえに、執筆する者は誰であれ消滅するが、自分自身の消滅の記録《アルシーヴ》〔通常は古文書保管所の意だが、デリダはそれが起源すなわちアルケーと命令の意味を併せもつことを強調している〕を残す。ただし、この記録を棄却するために。先の二つの語は狂気そのものを語っている。

おそらくこれは過度の単純化を施された発言であろう。まちがいなく、他の数々の偉大さが存在するからだが、私はあえてこの単純化の危険を冒すことで、ジョイスに対する私の感情についてなにごとかを語ろうと思う。

私は「私の感情《サンチマン》」と言った。この情動《アフェクト》〔触発されること〕、それは枢要な情動で、われわれが行うあらゆる分析や評価や解釈を超えて、書く者とわれわれの関係の場面を指揮している。ある作品の力量を称えつつも、署名者とのあいだに、いわゆる「悪しき関係」をもつことは不可能ではない。少なくともここにいう署名者が、投影され、再構成され、夢想されたイメージであり、われわれがこのイメージに執拗につきまといつつそれを歓待する限りでは。ジョイスに対するわれわれの称賛はきっと限界をもたないだろうし、彼の作品という特異な出来事（*événement*）に対するわれわれの借りも限界をもたないはずだ。たぶんここでは、作品とか主題とか作者について語るよりもむしろ、出来事について語るほうが妥当だろう。とはいえ、私は自分がジョイスを愛していると確信しているわけではない。もっと正確に言うなら、誰によってであれ、ジョイスが愛されているということに私は確信がもてない。もっとも、ジョイスが笑っている場合は別だが。こう言うとみなさんは、ジョイスはいつも笑っていると言うかもしれない。なるほどその通りで、この点については後で再び立ち戻るつもりだが、ジョイスがいつも笑っているとするなら、その場合には、彼の笑いの相異なる音色、笑いのいくつもの特質を区別する差異にすべてが懸かっていることになろう。ジョイスを愛しているかどうかを知ること、これは妥当な問いだろうか。いずれにしても、これらの感情を説明しようと試みることは可能だろうし、私はそれが第二義的な課題であるとは思わない。

　自分はジョイスを愛している、ジョイスをいつも愛しているとの確信は私にはない。ジョイスをいつも愛していることの可能性を説明するために、私は先に二つの偉大さについて語った。エクリチュールという行為のための二つの尺度について語ったのだが、この行為によって、書く者は誰であれ、あたかも蜘蛛の巣に捕らわれた獲物のようにわれわれをその記録《アルシーヴ》のなかに閉じ込めることで、みずからは自分が書いた記録から姿を消したかのように見せかける。

過度に単純化してみよう。まず、与えるために、与えつつ書く者の偉大さがある。つまりこの者は、与えられたものと与えられたという事実、与えられたものと与える行為を忘却させるために、忘却を与えるために書くのだ。どんなお返し〔回帰〕も、どんな循環も、どんな円環《シルコンフェランス》をも超えて。これは与えることとの唯一の仕方である。唯一可能で——不可能な仕方。不可能な仕方としての——唯一可能な仕方。象徴的なものにせよ実在的なものにせよ、どんな返済にも、どんな謝意にも先立って。贈り手もしくは受け手の側で、贈与が単に記憶されるだけでも、いや、贈与がわずかに意識されるだけでも、贈与の本質そのものが廃棄されてしまう。贈与は円環に穴を開け、円環を破り、お返しなしであり続けなければならない。たとえそれが象徴的なものであれ、ごくわずかな謝意の兆しもあってはならないのだ。〔贈与が〕一切の意識を超えているのはもちろんだが、それは無意識的なもののどんな象徴的構造をも超えている。ひとたび贈与が受け取られると、贈与の業〔作品〕は読者たるあなたがたを全面的に変化させるに至るまで作用するから、場面は別のものと化し、みなさんは贈与と贈与者——男であれ女であれ——を忘れてしまう。こうして作品は「愛すべきもの」となり、仮に「著者」が忘却されていないとするなら、われわれは「著者」に対して逆説的な謝意を抱くことになる。そもそも謝意なるものが可能であるとして、唯一可能でかつ謝意の名に値するような、単純で、正反両立感情を伴うことなき謝意を、である。これが愛と呼ばれるものなのだ。私はそれが生起するとは言わない。おそらく、それが現前することは決してなく、私が描いている贈与はたぶん決して現在《プレザン》と化すことのありえないものなのだ。しかし、このような可能性を夢想することは少なくとも可能であって、それこそが、与えるものとしてのエクリチュールの観念なのである。

もうひとつの偉大さについては、おそらく公正さをいささか欠くことになろうが、それは私にとって、ジョイスの偉大さに、いやむしろジョイスのエクリチュールの偉大さに類似していると言いたい。ジョイスのエクリチュールにおいては、ある出来事がその筋立てと拡がりを展開するのだが、そうなると読者たるみなさんにはもはや他の出口はない。すなわち、「出来事の〔彼の〕記憶のうちにある」ほかないのだ。みなさんがそれを知っていようといまいと、みなさんは単に出来事によって凌駕されるのみならず、出来事によって強いられ、この凌駕するものに自分を釣り合わせることを余儀なくされているのだ。

出来事の〔彼の〕記憶のうちにあること。必ずしもみなさんが出来事を覚えていることではなく、出来事の記憶のうちにあること、その記憶のうちに住まうこと。今や記憶は、みなさんの思い出ならびに、さまざまな文化、言語、神話、宗教、哲学、科学、精神史や文学史など、思い出が一瞬のうちに、一語のうちに集摂しうるものよりも大きいのだ。こうしたものをみなさんが怨恨《ルサンチマン》も嫉妬もなしに愛しうるかどうかは私には分からない。あらかじめみなさんに借財を負わせるようなこの過剰記憶を許すことができるだろうか。あらかじめ、そして永久に、この過剰記憶はみなさんを、みなさんが読んでいるところの書物のなかに刻印する。このバベル的な戦争行為を許すことができるのは、それがつねに、どのような時にも、エクリチュールという各々の出来事において生起し、そうすることで各人の責任を中断する場合を措いてほかにない。それを許すことができるのは、ジョイスそのひともまたこのような状況を蒙ったに相違ないということを想起する場合を措いてほかにない。そのことが想起されるのは、まずもってジョイスがわれわれにそれを想起させようと欲したからだ。この状況については、彼はそれを蒙る者《パシアン》であって、それは彼の主題である。というか、私としては、彼の図式《シェーマ》と言いたいところだ。ジョイスは、この図式が、単純な仕方でサド的な造化神《デミウルゴス》〔攻撃的に状況を操る者〕と混同されることのないよう、それについて大いに語っている。そうした造化神であったなら、過剰記憶の機械を設置して、何十年も前から、あらかじめみなさんを計量化し、みなさんを管理し、何かを創始するようないかに小さな音節をもみなさんに禁じようとしたことだろう。というのも、あなたがたは、『ユリシーズ』『フィネガンズ・ウェイク』というこの千世代コンピュータにプログラムされていないようなことは何も語ることができないのだから。この種のコンピュータに比べれば、最新のコンピュータやマイクロ・コンピュータ化された記録《アルシーヴ》や翻訳機械のような現在のテクノロジーは、ブリコラージュ〔手仕事の意で、レヴィ＝ストロースが未開の思考の特徴として示したもの〕、先史時代の子供の玩具でしかない。この種の玩具のメカニズムは特に遅々と働くもので、その遅さといえば、ジョイスの著作にはりめぐらされた配線上の運動のほとんど無限の速度とは比べものにならない。どうすれば、こうした型の作品をシミュレートすることができるというのか。これらの問いが実に恐るべき問いであるのは、それらが（著者であれ読者であれ）一個の主体の心的諸操作の速度とまずもって係わるものではないからだ。では、ここにいう速度とはいかなる速度なのか。この速度はいかにして計算できるのか。ある徴しや、インデックス化された情報が、「同一の」語のなかで、あるいはまた、書物の端から端まで、別の徴しや情報と接続する際の速度は。たとえばバベル的主題もしくはバベルという語は、その構成要素の各々（しかし、いかにしてそれらを数え上げるというのか）のなかで、『フィネガンズ・ウェイク』のすべての音素、意味素、神話素等々といかなる速度で連繫しているというのか。おそらく速度という基準それ自体が有効ではないのだろう。この基準はというと、運動する客体にもっぱら係わるもので、ここで起こっていることの本質とは共通の尺度をもたないからだ。ここでだけではなく、至る所でそうかもしれないが、ただ、ジョイスの作品は、これらの問いを実践的な挑戦たらしめたという点でわれわれにとっては特別である。彼の作品はこれらの問いをただちに作品たらしめたのであって、この作品の構造と主題がこうした挑発を明白なものにしているのだ。ところが実際には、接続を数え上げ、伝達の速度と道のりの長さを計算することは、すべての変数、量的ならびに質的なすべての要因を統合できるような機械をわれわれが造り上げない限りでは、少なくとも不可能だろう。それは明日にもできる代物ではない。いずれにしても、こうした機械は「ジョイス」という出来事の重々しい分身《ドゥブル》であり、ジョイスという名が署名し意味するところのものであり、署名された作品のシミュレーションであり、今日のジョイスについてのソフトウェア、ジョイスソフトである。ジョイスソフトはたぶん現在制作中なのだろうが、ジョイス研究の世界的機構、「ジェイムズ・ジョイス株式会社」がこの制作に専念している。もっとも、この株式会社それ自体がジョイスソフトである場合、「それそのもの」である場合は別だが。いずれにせよ、ジョイス株式会社はジョイスソフトを構成しているのである。

　この感情、というかこの怨恨《ルサンチマン》をもって、私は長きにわたってジョイスを読まざるをえなかった。これは私だけのことだろうか。エルマン〔Richard Ellmann, 1918 - 1971. アメリカのジョイス研究家〕は最近、数多くの作家や批評家や芸術家たち――その全員がジョイスの崇拝者もしくはジョイスに親しい人物である――がこの種の不安をもらした告白の言葉を引用してみせた。しかし、私自身たった今言ったように、「私はジョイスを読む」と言えるのかどうか、私には分からない。もちろん、ジョイスは読むことしかできないものだ。このことを知っていようといまいと、そうなのだ。それがジョイスの力である。とはいえ、「私はジョイスを読む」「ジョイスを読みなさい」「あなたはジョイスを読みましたか」といった型の言明は私にはいつも滑稽なものに思えた。どうしようもなく滑稽なものに。ジョイスとは、このような文句の滑稽さをみなに気づかせて笑わせようと欲した者、笑いの爆発を起こさせようと欲した者のことだ。「ジョイスを読む」ということで、みなさんはいったい何を言おうとしているのだろうか。ジョイスを「読んだ」などと誰が自慢できるだろうか。

称賛の念を込めたこの怨恨に捕らわれながら、ひとは読書の縁《ボール》に立つ。私の場合、もう二五年もそういう状態が続いている。不断に潜水しようとしては岸辺に投げ返され、またしても沈潜を試みようとその縁に立つ、そんなことが無限に続いているのだ。これはどんな作品についても同程度に言えることだろうか。ともあれ、私はまだジョイスを読み始めていないとの感情を抱いており、この「まだ読み始めていない」ことが私とこの作品との特異な関係――私としては、作品に働きかけ、それを侵略する関係とさえ言いたい――を規定しているのである。というのも、ご存じのとおり、「まだ読み始めていない」とは言えない他の数多くの作品があるからだ。われわれはそうした作品をすでに読み始めているどころか、最初の頁からすでにそれらを読み終えてしまってさえいる。お定まりのプログラムなのだ。

私がジョイスについて書くことをためらい続けてきたのもそのためである。私が試みたのはせいぜい、自分が書くもの――親愛なるジャン＝ミシェル・ラバテ、あなたがそれを私に思い出させてくれたので私はそれについて語る気になったのだが――のうちに、ジョイス的射程(portées)、ジョイスの *portées* を書き込もうとしたことくらいだ。この portée という語はその音楽的射程つまり譜表という意味に加えて、子孫という意味や動物の豊かな繁殖という意味も有しているのだが、私はこの語を更にこうも解したい。すなわち、あるテクストはジョイスの署名を確かに「刻印されている・孕んでいる」(*porter*)、というふうに。このテクストはジョイスを孕んでいるが、逆にジョイスによって孕まれ、更には、あからじめ追放(déporter)されてもいる。このような逆説的論理が、二つの互いに同等ならざるテクスト、文学の二つのプログラムないし二つの「ソフトウェア」のあいだの連関を支配している。これらのテクストのあいだの差異がいかなるものであれ、それどころか、たとえそれらが比較不能なものであったとしても、「第二の」テクスト――もうひとつのテクストに否応なく準拠し、それを引用し、それを活用・搾取し、それに寄生し、それを解読するテクスト――、それはおそらく、他方のテクストから切り離された微細な断片であり、それ〔「第二」のテクスト〕に対して言語戦争を布告したはずの偉大な先行テクストの新芽〔子供〕、その換喩的〔修辞学の用語で、部分によって全体を表現する比喩を指す〕な小人、その道化であろう。しかしながら、(ジョイスの複数の書物についてまさにそうであるように、先祖でもあれば子孫でもあるという二つの役割を演じるところの)「第二の」テクストはまた、先行テクストとはまったく異なるもうひとつの総体でもある。全能者たる先行テクストよりも偉大でより強力なものでもあるのだが、「第二の」テクストはこの全能者を引きずり、余所に、異なる連鎖のうちにそれを刻印することで、みずからの先祖に刃向かうのみならず、系譜学《ジェネアロジー》そのものに刃向かおうとする。

どのエクリチュールも祖父〔大きな父〕に対する孫〔小さな息子〕のごときものに類似しているのではなく、オイディプスを超えて、あるソフトウェアから切り離された断片に類似すると同時に、元のソフトウェアよりも強力なソフトウェアに類似している。ひとつの派生的な部分ではあるが、それを一部分とするところの全体よりもすでに大きなものなのだ。

『フィネガンズ・ウェイク』はすでにして、同書に凝縮された文化の全体、歴史の全体、すべての言語に対するこうした分割や区別や分配を表している。同書は、それが捏造の銘を刻みつつ鋳造した各々の文に即して、また、語彙と構文の各々の統一的単位の只中でこれらの言語を融合させたり核分裂させたりするのだが、このような鋳造術（*forgery*）の偽装のなかで、捏造された語の狡智のなかで、可能な限り最も大きな記憶が鋳造され、融合するのである。

『フィネガンズ・ウェイク』、それは小さな何か〔子供〕である。小さな何、だろうか。それは西欧文化の小さな息子であり、もっと小さな孫である。百科全書的・全周知性的で、ユリシーズ的な、いや、ユリシーズ的であるより以上の円環的全体性たる西欧文化の。次いで、それは同時に、このオデュッセイアよりもはるかに大きなものでもある。『フィネガンズ・ウェイク』はオデュッセイアそれ自体を内包し、オデュッセイアをその外に引きずり出してまったく特異な冒険のなかに捲き込むことで、それが自分自身に、この出来事に閉じ籠もることを阻止する。エクリチュールと呼ばれるものは、このようなトポロジーの逆説なのである。

こうして、未来は貯蔵される（se réserver）。それによって、『フィネガンズ・ウェイク』の「状況」（situation）は、この法外なテクストに対するわれわれ自身の「状況」を予描してもいる。この言語戦争のなかで、同書の後でわれわれに何か言えることがあるとしても、それはこの作品がそれ自体で有している極小の自己註解に似たものでしかないと、あらかじめ決まっている。しかしながら、これらの新たな徴しは、今までそれを抑圧していた、とはいわないまでも、少なくともそれを監視していたプログラムを逸脱させ、それを増幅し、前もっては分からないどこか余所へと投影するのである。

これこそわれわれに残された唯一のチャンスである。極小のチャンスではあるが、その扉は全面的に開け放たれている。

3

そこで、私はあなた〔ジャン＝ミシェル・ラバテ〕の示唆に応えることにしよう。そうなのだ、私が書くたびに、たとえそれが大学や学会関連の文書であっても、そこにはジョイスの亡霊がつきまとい、ぴたりと接岸している。二〇年前のことだが、『「幾何学の起源」への序文』のまさに中心で、フッサールとジョイスの戦略を比較したことがある。思考と係わるのみならず、言語と歴史との連関についてのある種の「操作」、その適用とも係わる二つの偉大なモデル、二つの範例を。二人は共に純粋な歴史性を取り戻そうと試みた。フッサールはそのために、可能な限り、言語を透明で一義的なものたらしめると共に、伝達されて伝承と化すことができるがゆえに可能な歴史性の唯一の条件を成すところのものへと言語を限定することを提案している。たとえそれがつねに「私は決して読み始めはしなかっただろう」という様相で生起し始めるにせよ、読解が、そして作品の遺産が生起し始めるためには、いかにそれが最小限のものであっても若干の読解可能性が、一義的な構成要素が、あくまで解消可能な曖昧さが、まさにジョイス的な凝縮の過剰さに抵抗するのでなければならない。とにもかくにも歴史なるものが生起するはずだとして、歴史なるものが、少なくとも作品の歴史なるものが生起するためには、たとえば *He war* の意味の何がしかが、表現のまとう無数の意味を貫いて、知解可能性の閾内に入るのでなければならないのだ。そしてもうひとつの偉大な範例、それが『フィネガンズ・ウェイク』でのジョイスの範例であろう。彼は多義的表現の漸近的全体を反復し、結集させ、多言語化する。彼はそれをみずからの主題と同時にみずからの操作たらしめている。音節の各々の断片のなかに埋もれた数々の意味の最大の潜在的力能をも、彼は可能な限り最大の共時態《サンクロニー》へと最大速度で至らせようと努める。エクリチュールの各々の原子を核分裂させ、ひいてはその無意識的なものに、神話、宗教、哲学、科学、精神分析、文学など人間の記憶全体を過剰に充塡しつつそうするのだが、この操作は、今列挙したような諸範疇〔神話や宗教など〕をそのいずれかに即して何らかの方向づけをして整序するような位階を脱構築するのだ。こうしてあまねく拡大された多義性は、共通の意味〔共通感覚、常識〕(sens commun)の核にもとづいて、ある言語を他の言語に翻訳したりはしない(『「幾何学の起源」(フッサール)への序文』、パリ、一九六二、一〇四頁以下[6])。このような多義性は複数の言語を同時に話し、*He war* の例に見られるように、複数の言語に寄生している。*He war* については、すぐ後で立ち戻ることにしたい。というのも、先決すべき問いが残されているからだ。すなわち、「複数の言語で同時に書くこと」の可能性についてどう考えるべきかを検討してみたいのである。

『「幾何学の起源」への序文』の数年後、私は、「プラトンのパルマケイアー」を、あまり無理することなく、『フィネガンズ・ウェイク』の間接的で、おそらくは迂闊な一種の読解として呈示できるのではないかとの感情を抱いた。『フィネガンズ・ウェイク』は、シェムとショーンのあいだで、ペンマンとポストマンのあいだで、パルマコス、パルマコンの場面ならびにトート〔ソース〕神（Thoth）〔エジプトの神で神々の書記役〕の様々な機能（たとえばThothという綴りは*th'other*のアナグラムとみなすことができる）を模倣している。[7] それも、最も小さな細部、イロニーの極致とも言うべき細部に至るまで。たとえ大雑把な仕方でであれ、ここで、こうした網の目の極度の複雑さを再構成することはできない。当時も私は、ただひとつの脚註を付して、「あなたがたがすぐ理解されるように」、「プラトンのパルマケイアー」の全体はもちろん「フィネガンズ・ウェイクの一読解」にすぎないという点を喚起する振りをすることで満足せざるをえなかった（『撒種』、パリ、ル・スイユ、一九七二、九九頁註一七）。数ある読解のなかで、ありうるひとつの読解にすぎない、と。「の」(de) という二重の意味（『ウェイク』についての読解であると同時に『ウェイク』による読解）を担った属格は次のことを暗示していた。つまり、『プラトンのパルマケイアー』がみずからを、『フィネガンズ・ウェイク』のありうべき理解のためのひとつの読み取りヘッドもしくはひとつの解読原理として、結局はもうひとつのソフトウェアとして呈示したとき、このささやかな試論は、『フィネガンズ・ウェイク』の航跡、その系譜のなかで、『フィネガンズ・ウエイク』によってあらかじめ読まれていたのだ。ここにもまた、逆説的な換喩がある。一個の本体・資料体《コルプス》の最もささやかで、最も取るに足らない子孫、他の言語のなかで退化してしまったこの本体のサンプルが、それをきっかけとして読まれるもの〔本体〕よりも広大なものとして現れることもありうるのだ。

駆け足で「スクリブル」(*Scribble*)〔走り書き〕に触れておくが、これはウォーバートン〔William Warburton, 1698–1779. 一八世紀のイギリスの司祭、神学者で、その理論についてはコンディヤックの『人間認識起源論』を参照〕の『象形文字についての試論』の抄訳〈パリ、オービエ社、一九七七〉に寄せた序論の題名で、そこで私は、題名や数々の引用に加えて、絶えずジョイスの『スクリブルドホブル〔跛行的スクリブル〕――フィネガンズ・ウェイクの原形のワークブック』〈一九六一〉に言及している〈九頁〉。

更に駆け足で『弔鐘《グラ》』に触れておくと、これも一種の『ウェイク』であって、そこでは最初から最後まで、左右二段に分割されて、一方に喜ばしき理論(théorie joyeuse)、もう一方に喪(deuil)の理論の長い行列が続いている。

なかでも、その何年か後に書かれた『郵便葉書《カルト・ポスタル》』はジョイスに取り憑かれていて、そこに収められた「送付《アンヴォワ》」の中心(チューリッヒにあるジョイスの墓地訪問)には墓石が屹立している。亡霊《スペクトル》が書物を浸食し、頁ごとに影を投げかけ、不安をかきたてている。そこから、署名者〔ジャック・デリダ〕の怨恨が生じる。心底からの怨恨だが芝居がかっており、いずれにしてもつねに模倣せられた怨恨が。署名者はその苛立ちを名宛て人に打ち明けることがあった。その二年前に、書物の冒頭の言葉（「そう、きみは正しかった……」）ですでに名宛て人が正しいことを認めた後で。

……きみはジョイスについても正しい。一度読めばもうたくさんなんだ。それはあまりも強力だから、最後には何も抵抗できなくなる。そのため、捨て鉢な安逸の感情が生じる。それがいかに見かけだけのものであれ。いったい最後に何をしたのだろうか、ジョイスは。何が彼を駆り立てたのだろうか。彼の後では、もはや再開せず、幕を引き、すべてが言語のカーテンの背後で生じるようにすること。それについて、言語にはもうどうすることもできない。しかし、偶然の一致がないわけではない。翻訳についてのセミナーのために、ぼくは『フィネガンズ・ウェイク』における、バベルを示唆するすべての指標を辿ったし、きのう、ぼくはチューリッヒ行きの飛行機に乗り、彼の〔像の〕膝に座って大声で読みたい気持ちになった。冒頭（バベル、転落、フィンランド‐フェニキアの主題「転落（ババババダルグ。（…）裏壁の大崩落はたちまちのうちにフィネガンの小転落（pftjschute）を引き起こした。（…）たとえ落ちても（phall）、這い上がらねばならぬ。ともかく、尼僧看護婦向けの茶番（pharce）がすぐに俗世の決着に至るということはありえない……」）から、終わり近くのギグロットの丘とバビル・マルケットのあたりまで。「虚しい舌と感謝で駄弁る者たち《バベラーズ》がいた（混乱的孔子が彼らを捕らえていたのだ！）。（…）言葉という規則を贈られた舌を悩ませるのは誰？　一種の愚劣な緘黙症の間《ま》。そして彼らは互いにのしかかり合い、彼ら自身が転落してしまった……」と、「バベルの塔のこの打ち壊し、扉や両側の柱も全部……」を経由しつつ。そして、「鹿馬ども、金づるだ！　大急ぎで炎の女〔プディング〕を探そう。女だ女だ！名声女情熱《ファムファム》！　名声女情熱《ファムファム》！」に至る一頁全体を。その途中で次の箇所を通過するが、これは誰よりもきみがよく知っている箇所で、ぼくはそこに突如として「白金プラトン主義のバベル饒舌沸騰点」を発見する。また「バベルの塔ならざるテラス」辺りの別の箇所をも通過して。そのすべてがアナ・リヴィア・プルーラベルをめぐる箇所で、部分的には翻訳されているが、そこにきみは絶対に未曾有のことを見いだすだろう。そして、「アとアア、アブ、アド、アブ、アビアド。駄弁の男たち《バブル・メン》は涙の峡谷でどもる」と「バベルはルバブなしではありえぬのか？　And he war. そして彼は口を開きて答える。われは聞く、おお、イシマエルよ、（…）彼は果たして死せり」の周辺の全体を、「ああ、声大なる主よ、（…）ハヘヒホフ、マムマム」に至るまで。俳優たちについて言われるように、ぼくはテクストの言葉を引き延ばして発音する。少なくとも次の箇所までは。「どこまで！　どこまで！　どこまで！　どこどこのリグヌム〔木々〕（…）。迷える世界は周りを動いているのだろうか？　これは何と静かなバベルだろうとの感嘆の小丘の周りを。私たちに教えてくれないか」（『郵便葉書』二五七―二五八頁）。

別の箇所（二六一頁）には、ジョイスの墓碑を前にしてこう書かれている。「すでにわれわれ全員を読み剽窃しているのだ、彼は。私はジョイスが墓の上でポーズを取り、見つめられている姿を想像してみた――おそらくは彼の熱烈な後継者たちに見られているのを」、と。

そう前もって読み剽窃しているのだ。『フィネガンズ・ウェイク』の書記的で郵便的な舞台装置の全体は、シェム／ショーン、ペンマン〔筆男〕／ポストマン〔郵便男〕の対から、ジョイスの書物のなかに書き留められた、郵便切手の発明や一ペニー郵便制度（*penny post*）〔8〕をめぐる戦争に至るまでくり返し機能している（『郵便葉書』一五一、一五五頁）。ジェイムズ、ジャック、ジアコモ〔ジアコモは英語のジェイムズ、フランス語のジャックに相当するイタリア語の名〕の一家族全体と共に、『ジアコモ・ジョイス』〔トリエステ時代の教え子の女性への思慕を綴ったジョイスの韻文で、一九一四年頃に書かれた〕は「送付」の節目を成しており、「送付」はその終わりのほうで、『ジアコモ・ジョイス』の「反歌」〔送付、使節〕によって封印されている。「反歌――私を愛して、私の傘を愛して。」

一九七九年八月一一日。（…）ジェイムズ（二人のジェイムズ、三人のジェイムズ）、ジャック、ジアコモ・ジョイス——きみの贋の送り状は驚くべきものだ。送り状に添えられた、「反歌——私を愛して、私の傘を愛して」は。
（…）ぼくは忘れるところだった。ジアコモも、ぼくの名前の各々〔ジャック、デリダ〕と同じく七文字だということを。私の影を愛して、影であって——私ではない。「あなたは私を愛してる?」だって。では、きみはどうなの、教えてくれ（『郵便葉書』二五五頁）。

ただ、繰り返すが、「送付」に取り憑いているのは何よりもバベル的異種言語混淆の主題である。そこにもまた *he war* への言及が見つかるが、後でもう一度この言葉に戻って結論を述べるとして、もしよろしければ、まずは *he war* という言葉を引用した葉書の断片を読ませていただきたい。

いや、愛しいひとよ、わが愛、それはわがウェイク〔覚醒、通夜〕なり。以前、これらすべてのpp〔ペニー・ポスト〕について君に語りながら、ぼくはまず驚かされた。前払い制度が画一的な料金システムを作り出しているということに。このシステムは媒体の大きさと重さについて税をかけ、「商標《マルク》」の数や内容や質には税をかけないし、ましてや、それらが意味を喚起しているという事実には税をかけない。これは不公平で馬鹿げている。これは野蛮でさえあるが、その帰結は計り知れないほど重大だ。きみが一通の手紙に一語書こうが百語書こうが、一語が百の文字から成っていようが七文字の語が百語書かれていようが料金は同じなのだから。これは理解を絶したことだが、この原理ですべてをすっきりさせることができる。それはそうとしておこう。一ペニー郵便制度のことを書いているときに、ぼくは自分の記憶のなかであることを予感した。郵便配達人のジャン（ポストマンのジョーン、ジョン）はそれほど過去の存在ではないし、彼の双子の兄弟のペンマン、シェムもそうだ、と。今もなお、ppにおける兄弟の絆は戦争、ザ・ペンマン対ザ・ポストマンの戦争を続けている。作家のシェムはHCE——「みながやってきた」（Here Comes Everybody）——の継承者だが、ぼくはそれを自分の特異語法《イディオム》のうちで「ぼくを肉体において（en corps = body）愛するであろう誰もがここに来る」と訳する。ぼくはそれで二時間も「一ペニー郵便制度」という言葉を探した。やっと見つかったが、少なくともそのひとつを、いつかきみは全能の《he war》（戦争を布告するヤハウェYHWH。撒種《ディシェミナシオン》を宣言しつつ戦争を布告し、塔を脱構築し、みずからにシェム人〔セム人〕という名前を与え、彼らの特殊な言語を普遍的言語として課そうと欲していた者たちに、「バベル」と語りかけるヤハウェ。ぼくはぼくの父の名前を名乗り、それを課すのだが、あなたがたはそれを混乱した仕方で「混乱」として理解している。お願いだから、それを翻訳してみて。ただ、ぼくはあなたがたには翻訳できないことをまさに望んでいるのだけれど。これがぼくの二重拘束《ダブル・バインド》だ）に結びつけることができるだろう。第一頁に記された「無一文で、孤立した彼〔サー・トリストラム〕のペン戦争」（*his penisolate war*）や「硬貨のように瓜二つの姉妹」（*sosie sesthers*）を経由しつつ。というわけで、『フィネガンズ・ウェイク』の三〇七頁には、「ギネス醸造会社見学、クラブあれこれ、一ペニー郵便制度の利点。駄洒落が駄洒落でないときは？」とある。知っているだろうが、この箇所では、本文の余白に斜字体で数々の名前が記されている。ここでは「ノア、プラトン、ホラティウス、イサック、ティレシアス」と。その前の頁からは、後のために、次の箇所だけを取り上げておく。「すべてのもののための広場、すべてのものはその広場のうち。ペンは剣よりも強いか？」という箇所で、これはたとえば（二一一頁の）次のような糸を引き寄せている。すなわち、「剣と切手を含んだ、太陽なき月の地図。郵便夫シェマス・オ・ショーンのための」。「彼女は－すべてを－見つける」（Elle-trouve-tout）「彼は－どこ？　あなたが何を欲するにせよ……」の辺りまで続きを読むこと。これらを、剣／ペンを見なさい。

ぼくはきみに電話したところだ。よく分かっているように、それは不可能だった。電話では裸にならなければならない。だけど同時に、ぼくが自分の裸を見るためにはきみが服を脱ぐだけでいい。ぼくたちの歴史は双子の繁殖、ソーシアス／彼と瓜二つの者〔メルクリウス神の化身〕、アトレウス／トゥエストース、シェム／ショーン、S／p、p／p（ペンマン／ポストマン）の行進で、ますますぼくはきみから輪廻転生を重ねて、ぼくは数々の他なるものとともにあることになる、きみがぼくとともにいるように（順境のときのみならず、はっきり分かることだが、逆境のときにも、ぼくはこれら他なるものに対して同様の手を使う）。こんなに抗しがたい仕方では、ぼくは一度も誰もまねたことはなかった。ぼくは奮起する。なぜなら、ぼくがきみを無限に愛しているとしても、ぼくはきみの、つまり、小さな帽子をかぶってきみに住み着いていているこれらの住人たちのすべてを愛しているのではないからだ。

ぼくが愛するたびに一回きりの独特な仕方で。存在するものの全体を超えて、きみはあるひとりの者であり——それゆえ他なる者である（『郵便葉書』一五四—一五五頁）。

4

そこで *He war* である。つまり、ヒー・ヴァールのことだが、私は声に出し、眼で読んでいる。だから、それ〔*He war*（彼はあった）〕はいくつもの言語のうちにあったのだ。

しかし、これら二つの語をいかにして読むのか。二つの語があるのか。もっと多いのか、それとももっと少ないのか。いかにしてそれらを聴取するのか。いかにしてそれらを発音するのか。これら二つの語に関して、いかにして意見を述べるのか。

「いかにしてそれらを聴取するのか」という問いはさらに増殖していく。この問いは、私がこれらの語を摘出した元の箇所のうちを響き渡っていく。私たちに与えられた時間がわずかしかないという状況に強いられた不当な暴力によって、私はこれら二つの語を摘出したのだが、では、いかにしてそれらを聴取するのか。これらの語を取り巻くすべてが耳を話題にし、耳に話しかけている。これは話すことの本義、いや、まずもって、聞くことの本義である。すなわち、耳（イ・ア、ヒ・ア、イア・ヒア）〔*e, ar, he, ar, ear, hear*〕を差し出し、声を張り上げる父親に、大声で話す主（ロード・ラウド）［*Lord, loud*］に聴従すること。かくも高く上昇するもの、それは感嘆（*laud*）である。神的法とその至高性のこのような音‐響的次元は、*he(w)ar* という英語における分節のうちで告知されるが、それは *w*（ダブリュー）を発音するかしないかで二重化《ダブル》され、意味素の面でも形態の面でも、頁の全体へと撒種されていく。[1]《And he war...》の《And…》（「そして……」）という言い回しは聖書のエクリチュールのリズムを模倣している。大声で読んでみよう。

そして娘のネック・ネクロンに息子のマック・マカルを称賛させ、こう言わしめよ。「私はシェ無《ム》、わが母、わが国、わが名」、と。バベル（Babel）はルバブ（Lebab）〔心〕と共にあらんか？ And he war. そして彼は口を開けて答える。「われは聞く、おおイシマエルよ、いかにしてなんじの称賛すべき主がわが声大なる神のひとりのごとく唯一なるかを。もしネクロンが天から七度堕ちるのなら、必ずやマカルは七十七度天に昇る。いざ、われらはマカルを称賛しよう、然り、ことさらに称賛しよう。汝らがその地位や場所や尿瓶のうちに居座る権利があるとしても、わが優越はイシマエルの上にあり。イシマエルの上にあるものは偉大なるかな。彼はマック・ナクロンの馬となろう。そして彼はそれを果たして死せり。

大声挙げて怠け者に再度拍手喝采！

というのは、天より来たれし空気を清める者が、太鼓の破れそうな声で話して、それが彼の墓地のごとき憂き世にまで届いたから。そして音響現象によってそれが拡声したので、地上の不幸な住人は、脳天先端から基礎に至るまで震え戦き転落する。

声大なる主よ、われらの言葉を聞きたまえ！

主よ、慈悲深くわれらの言葉を聞きたまえ！

今や、なんじらの子供たちは彼らの住居に入った。そして国民は伝導集会を終え、喜びながらわれわれは脛へと散り散りになる。統治者である神に感謝！　なんじはなんじの子らの住まいの入り口を閉め、その近くになんじの護衛を置かれ給う。双子の警官ディディナムとドマスまでも。なんじらの子が、心を開く本を読んで光をともすように、また暗闇の中で誤らないようにと。それは守護者たちから出てきた後知恵。なんじらの、問題にはならない酔っ払いの後知恵。守護者たちは、前兆を告げるなんじらの男たち。陽気なチェリー爆弾ボーイ、ふたりとも足に爆弾かかえ、ちりちりいわせた智天使ケルビム。祈りを唱えて、テモテ、床に帰ろう、トム。

木から木へ、数ある木のなかの木、木の上の木が、石になる、石に、数ある石の中に、石の下の石に、永遠に。

おお、主よ、われわれの些細で、ほんの少しの、がらくたのような、なんじらへのこれらの苦しみのない懇願を聞き給え。われわれの時代に眠りを授け給え、おお主よ！　彼らが冷え込みませんように。彼らがほんの少しの糞も殺人も混ざらない小便をしますように。彼らが木々を通って治療する精神病院に行き当たりませんように。主よ、我らに数々の苦難を加え給うとしても、それでも我らのなすわざにはいつも低い笑いを伴わせ給え！

ハヘヒホフ。

マムマム（『フィネガンズ・ウェイク』(258.11–259.10)。


時間がないので、*he war* の直接の文脈のなかで交錯し、蓄積され、凝縮された他の数多くの主題（転落、幕降りる、拍手喝采（*Upploud, Uplouderamainagain*）、神々の黄昏（*Götterdämmerung-gttrdmmrung*）(257–258) に続いて。分身――ディディモとトマス、二人の護衛ガルダ・ディディマスとガルダ・ドマス。至る所にヴィーコの亡霊。子供たちの祈り等々）は脇に置いて、こう言ってよければ、声と現象、音素としての現象（素）を経由するすべてのものに話を限ることにしたい。先の一節の中心に、「フォネマノン」（音響現象）という語を聞き取っていただきたい。

極度に集中した状態で、「フォネマノン」という語はこの書物のバベル的冒険、いやそのババル的裏面──「そしてバベルはルバブと共にあるべきではなかろうか？」──と言うべきだろうが、その全体を映し出している。逆から読んでも同じ語はバベルの塔を転覆させる。この語は書物を表してもいる。(2)

数ある例のなかからいくつかを挙げておこう。

舌と感謝で無駄話を駄弁る者たち《バベラーズ》の虚しさがあった（孔子的混乱が彼らを捕らえていたのだ！）彼らはありて去りぬ。（…）お分かりだろうか。歌う殺し屋たち（サグ）がいた。フムヒム讃歌の歌の雑音（ソングトム）があった。美しいデンマーク人たち（ノージェル）があった。まったくお馬鹿でおしゃべりな（プリフル）な婚約者一味《フィアンシー》がいた。（…）そして彼らは互いにのしかかり合い、そして彼ら自身転落した」(15.12–19)。あるいはまた「彼女がわれわれに大酒をくらわせたので、われらは傾聴する。ババロンの流れのほとりにて、彼女の長いお喋り《バベリング》を」(103.10–11)、「白金プラトン主義のバベル饒舌沸騰点」(164.11)や「バベルの塔ならざるテラス」(199.31)、「迷える世界は周りを動いているのだろうか？　何とバベルは静かなのだろうとの感嘆の小丘の周りを。教えてくれないか」(499.33–4)、「軽々しい衣裳をまとった商売娘たちのバビル市場《マルケット》でのおれの評判にかけて(532.24–6)、など。

he war をじかに取り囲む景色のなかで、われわれはバベルに立ち会っている。このような現在形とこのような場所が可能であるとして。それはヤハウェ（Yahwé）が戦争を布告する（*he war*）（war の語末の r と Yahwé の中央の h を交換しても発音はほぼ同じであり、その点では二つの言葉のあいだにはアナグラム的な関係がある）瞬間であり、ヤハウェがシェム〔セム〕の人々〔シェムはヘブライ語で名前の意〕を罰した瞬間であるが、『創世記』が言うには、彼らは名前を自分に付すために塔を建てたいと宣言したのだった。彼らは名前（シェム）という名前を有している。そして主は、いと高き者は、祝福されし者（*Lord, loud, laud*）は、塔の建設を中止させることで、彼らに戦争（*war*）を布告した。自分が選んだ単語、混乱（バベル）という名詞を発音することで、主は塔を脱構築したのだが、この名詞は、誤って耳には、実際に「混乱」を意味する語〔ビルブル〕と混同されかねないものだった。こうして布告された戦争——、主はみずからが戦争の証書〔戦争の行為〕であることで、そのような戦争であった（*war*）のだが、戦争の証書の本義は、彼が実際にそうしたように、主がそうであった（*war*）ところのもの、つまり〈彼自身〉（Lui）であり戦争（*war*）であったことを宣言することにある。戦闘〔火〕の神はシェムの人々にみずからの名前の翻訳を割り当てる。不可欠で回避不能だが不可能であるような翻訳を。戦闘〔火〕の神はその名前を成すところの単語によって、その戦争の証書〔戦争の行為〕に、自分自身で署名する。逆から読んでも同じ語《パランドゥロム》（「そしてバベルはルバブなしではありえぬのか？」）

は塔をひっくり返すのみならず、意味と文字、存在の意味と存在の文字、「存在」の意味と文字（存在は *be* でその逆は *eb* で、バベル *baBEl* にもルバブ *lEBab* にもそれらが含まれている）と戯れもする。神の名前の意味ならびに文字（EL, LE）〔babEL, LEbab〕と戯れるのと同様に。更には、父を表す数々の名前（ダッド *Dad*、バブ *Bab*）が同じ頁に鏤《ちりば》められている。主（*Lord*）ならびにアングロ‐サクソンの神（*Goto* が二度と *Gov*）の名前と共に。この Goto という名前はさらに引き延ばされて、他の箇所では、*govermor*〔統治者〕と贖罪の山羊（scape*goat*）に姿を変えている。

　戦争の証書（戦争の行為）は必ずしも選び、愛の証し（愛の行為）と別物ではないし、契約とも別物ではない。まさにここで、「私は間違っている、なぜならぁ……と言う古パリ学派の学者と跳ね者たち」〔151.9–10〕を中心とした驚嘆すべき数頁を読み直す必要があるだろう。そこにはこんな箇所が見いだされるだろう。「所有については、私は逆のことを心配する。戦争においても恋においても万事はどこであり、この翼面は……。」（151.36–152.1）ポンジュ〔Francis Ponge, 1899–1988. フランスの詩人〕の『深淵にかかる太陽』〔一九六一年に出版された『大集成』*Le Grand Recueil* 第三巻に収められた作品〕でのように、赤毛の娼婦は父親と離れてはおらず、父親の床のなかでさえ、彼女は父親と一体化している。「主の床のなかでそこを通り抜けた一娼婦によって……」（105.34）。これは「かくてわれわれは伝え聞く……」（104.5）で始まる長大な文の一部である。ただ、ここではそれを再構成するのはやめておこう。

　この *he war* を翻訳しようと試みるとき、何が起こるのだろうか。それを翻訳したいという願望を抱かないわけにはいかない。狂おしいまでの願望を。読むことの本義は、その最初の動きからして、読まれたものの翻訳を粗描することでさえある。*he war* は翻訳を呼び求めるが、他の言語への移植を命じると同時に禁止する。私を変えよ——きみ自身へと——、しかし、何よりも私に触れるな。読め、読むなかれ。私が言ったことならびにあっただろうこと（ce qui aura été）——つまり、*qui fut*〔叙事的・説話的過去としての単純過去〕の二語でまとめられること——を別の仕方で言え、しかし、別の仕方でそれを言うなかれ。契約と二重拘束《ダブル・バインド》である。なぜそうなるかというと、*he war* はそれが現にそうであるところの出来事の代替不能性を表してもいるからだ。*he war* はそれが現にそうであるところのものであるが、同じく、すでにあったがゆえに、存在し、現前するに先立ってすでにあったところの決定的な過去であるがゆえに、変換不能なものでもある。これこそが布告された戦争なのだ。存在する前に、言い換えるなら、現在であるに先立って、それ〔戦争〕はあった。それは彼であった《フュ》（fut *Il*）。それは過ぎ去った《フュイ》（*fuit*）、彼（*Il*）すなわち故《フ》き火《フ》の神、嫉妬深き神[3]であった。翻訳せよとの呼びかけはあなたがたを拒絶する。きみは私を翻訳してはならない、と。翻訳に投げかけられた禁止のなかでも、おそらくそれは翻訳されるだろう（「表象」[représentation]、「イマージュ」[image]、「彫像」[statue]、「偶像」[idole]、「模造」[imitation]、これらがいずれもヘブライ語の「テムナー」の不適切な訳語であるように[4]）。この禁止は、ヤハウェが自分自身を名づけるその瞬間（「私、ヤハウェ、汝のエロヒーム……」）のすぐ後に続く。行為遂行的次元で言明される法、それはつまり、翻訳の原理そのものの禁止、翻訳の原理に対する禁止でもあって、この禁止は言語のただひとつで同一な経験、神が唯一である限りで唯一の言語のただひとつで同一な経験のごときものである。まったく同じく不可能なものたる侵犯の本義はそれ自体を翻訳することにある。そして、第一人称で行為遂行的であったもの、第一人称の、というか第一の語の行為遂行性を、第三人称の記述と確認（「彼はあった」*he war*）へと転換することにある。

（1） *war* が戦争という意味をもつことや、*war* を「ヴァール」とドイツ語とみなしていることへの註記に加えて、*he war* の聴覚‐音声的次元は、ラヴェルニュの実に見事な『フィネガンズ・ウェイク』の翻訳が黙過せざるをえなかったきわめて数多くのことがらのうちのひとつである――、私はこの講演を行ったときには、ラヴェルニェの翻訳のことは知らなかったのだが。《And he war》は何とそこでは《Et il en fut ainsi》〔そして事情はこのようだった〕（二七八頁）と訳されている！　だが、翻訳の悪口は決して言わないようにしよう。特に、このような翻訳については。

（2） フィリップ・ラヴェルニュは二つのアイルランド語に注意を促している。ベッドを意味する *leaba* と、書物を意味する *leabhar* という語である。

（3） 最も真摯なゲームはここでは、『神学政治論』の全体をこの点で焼き尽くし、『フィネガンズ・ウェイク』よりも大きいと同時により小さなテクストを『神学政治論』のうちに認めることだろう。『神学政治論』は『フィネガンズ・ウェイク』を容れる壺であり、その細胞でもあるのだ。これら二つのテクストの任意の点から、その論証を始めることができるだろう。たとえば次のような箇所から。「しかし、文字通りの意味からできるだけ逸脱しないようにしなければならないのだから、まず第一にしなければならないのは、『神は火である』（*Deus est ignis*）というこの類のない言葉が文字通りの意味以外の意味を許容するかどうかを探究することであろう。（…）ただし、火という語は怒りとも嫉妬とも解されるのだから（『ヨブ記』三一・一二）、モーセのいくつもの言葉を互いに矛盾しないよう折り合わせるのは容易だし、正当な仕方でわれわれは、『神は火である』と『神は嫉妬深い（*zelotypus*）』という命題は同じひとつの命題にすぎないとの結論に至る。（…）そこからわれわれが結論できるのは、モーセは神も嫉妬すると信じていたこと、少なくとも、そう教えようとしたこと、これである。われわれの考えでは、それは理性に反しているのだが。」（『神学政治論』第七章、マドレーヌ・フランセスによる仏訳）

（4）ミシェル・ゴヴラン「聖なる演劇の一ジャンルとしてのユダヤ教の典礼」(Michal Govrin : *Jewish rituals as a genre of sacred theatre*, in Conservative Judaism, New York, 36-3, 1983) を参照。

5

he war を翻訳しようとするとき、何が起こるのだろうか。

何も起こらない、すべてが起こる。

数々の途方もない困難を乗り越えたとしても、ある本質的な限界《リミット》が残る。*he war* と通じ合うような意味的、音声的、書字的潜在性、しかも書物の全体にとどまらずその外にまで及ぶ潜在性のすべてを聴取させる（まさしく「聞かせる」*hear*）ことは可能だろうか。それを聴取させようと試みることがここにいう途方もない困難なのだが、それを乗り越えたとしても残る本質的な限界ゆえに、バベルすなわち、布告されたが布告されざる戦争の証書〔戦争の行為〕は反復されるのであって、ジョイスはそうした証書〔行為〕を『フィネガンズ・ウェイク』に繰り返し刻んでいる。このような限界は、本体とみなされたある言語に別の言語を、有無を言わせず接ぎ木することに由来する。

he war は二語から成るが、その各々が頭と中心を表している。文の主要な構成要素で言ったほ

うがよければ、主語と動詞を表している。

最も高性能で最も精緻な翻訳機械もしくは最も優秀な翻訳チームを思い浮かべていただきたい。その翻訳が成功を収めたとしても、それは失敗の形態をまとうことしかできない。ありそうもない仮定だが、こうした機械やチームがすべてを翻訳し切ったとしても、それらは言語の複数性を翻訳し——、できあがった翻訳のなかで異邦性を維持することには失敗するだろう。それらはある単純な事実を抹消してしまうだろう。つまり、固有語法《イディオム》の複数性、単に意味の複数性ではなく固有語法の複数性がエクリチュールという出来事を構造化したはずであり、この出来事が今や法として支配するという事実を。エクリチュールという出来事は法として自分自身をも支配することになろう。「それはあった」「彼はあった」〔*he war*〕は同時に英語とドイツ語で書かれている。二つの語が *war* というひとつの語となっているわけで、だから、それは二重の名詞であり二重の動詞であり、名詞にして動詞であり、それらが最初にあったのだ。しかし、これら二つの語は初めから分裂しており、始まりを分裂させている。*war* は英語の名詞であり、ドイツ語の動詞であり、後者の言語のある形容詞（*wahr*）に類似しているのであって、この複数性の真実は、属詞——彼は何者か？　という問いに、あったところの者だと答えられる以上、動詞はまた属詞でもある——から、始まりにおいてすでに属詞と分離された主語、彼（*he*）へと送り返される。初めに差異ありき。これこそが生起することであり、それはすでにして生じて場所——そこ

(*la*)——を得たのだ。これこそがあったことなのだ。言語活動が行為《アクト》であり、言語がエクリチュールだったとき。それがあったところに、彼〔それ〕があった。

ドイツ語の *war* が真実 (*wahr*) であるのは、それが英語に戦争を布告することによってのみである。英語で英語に戦争をしかけることによってのみである。兄弟殺しであるとはいえ、それでもやはり本質的であるような戦争であり——本質の戦争である。言語の複数性という事実 (*fait*)、諸言語の混乱としてなされた (*fait*) ことは、もはや翻訳によって、あるひとつの言語のうちに送り返されることはありえないし、すぐ後でふれるつもりだが、唯一の言語のうちで還元されることもありえない。

あるひとつの言語の体系へと *he war* を翻訳すること、(1) それはそこにある徴し《マルク》〔境界〕が痕跡《マルク》として刻印されるという出来事を抹消することなのだが、抹消されるのは、単にそこで語られたことの徴しではなく、それを語ることならびに書くことの徴しもが抹消されるのであって、その場合、この語ることと書くことはまた語られたことの内容を成してもいる。このような翻訳は *he war* を司る法の徴し〔境界〕も、徴し〔境界〕を司る法も抹消してしまうのだ。翻訳についての一般的概念は今でも「1×2」に則っている。翻訳とはある言語から他の言語への移行の操作であるとの考えで、そこでは、各々の言語は一個の有機体ないし体系を成すものとみなされ、自分自身に固有な身体が無傷なものとみなされているのと同様に、こうした有機体ないし体系もまったく無傷なものと想定されているのだ。二つ以上の言語の混淆を翻訳すること、それは、*he war* という一回限りの出来事の意味論的で形式的な潜在力のすべてを復元するのみならず、*he war* に含まれた言語の複数性、*he war* という出来事における交接（*coït*）、更には実際にこの交接の数や、その多様で律動的な本質をも復元できるような相当語を要請するだろう。ヘラクレイトスならこれをフランス語で、あるひとつの言語はそれ自体において異なり、自己自身と異なり、自己との異なりにおいてあると言っただろう。

試すことはいつもできる。翻訳しなければならない。私がここで行っていることがすでに翻訳ではないだろうか。そのとおり。ただ、そのためには二つ以上の語が必要である。だから、私は翻訳していない、私は翻訳することなく翻訳しているのだ。この場合、単に『フィネガンズ・ウェイク』が、現時点で考えうる限りでのどんな翻訳機械とも比べようもないほど並外れて性能のよい計算機に類似しているだけではない。加えて、この書物それ自体がすでにある出来事を翻訳し、それを模倣し反復しているのであって、この出来事、戦争の布告を前にして、それは、『フィネガンズ・ウェイク』は現れることになる。この出来事はあった、それは抹消不能なものであり続けるが、ひとはそれを抹消することしかできない。最初にあったのはまさにそれであり、このドラマ、この「アクション」〔ハナ・アーレントが言うように「ドラマ」の語源的意味〕は、抹消不能であるがゆえに、それを抹消することしかできないのだ。とはいえ、それは抹消可能／抹消不能という二重の性質を有した出来事なのではない。「アクション」――それは言語行為、いやむしろ後で見るように、エクリチュールの行為なのだが――のなかのこの二重性、この内的戦争こそが出来事、それも、真実においてあったところの出来事そのもの〔*he war*〕なのだ。つまりは戦争であり、戦争の本質なのだ。とはいえ、それは戦争の神ではなく、神のうちでの戦争、神のための戦争、森林における(a)火事と言われるような意味での神の名における戦争、神の名のなかで始まる戦争である。神の名なしには戦争はないし、戦争なしには神はない。言い換えるなら、前の箇所を見られたいが、愛なしには神はないのだ。みなさんは戦争を愛と翻訳することができる。原文に即してそうできるのだ。

つい先ほどから、私は口に出している。

he war〔ヒー・ウォー〕と口に出しながら、私はよく引き合いに出される事実に頼っている。すなわち、この書物のなかでは、諸言語の混乱によってこねられた出来事のなかでは、言語の複数性はあるひとつの支配的な言語に即して整序されており、その言語とは英語であるという事実に。ところで、必ずや「音声化」しなければならないにもかかわらず、この書物が大声〔*loud*〕に、歌と響きに訴えているにもかかわらず、聴取することも聞いて理解することもすり抜けてしまうような、何か本質的なものが残る。ここにいう「何か本質的なもの」については、書字的もしくは文字的な、まさしく文字的な書きことばの次元とそれを解していただきたい。一種の無言なの

だが、この無言を黙ってやりすごしては決してならない。この次元なしで済ますことはできない。それを考慮することなしには、この書物は読めないのだから。

実際こうなのだ。つまり、英語の *war* とドイツ語の *war* とのあいだのバベル的混乱は、聴取されることでいずれかに決定されると、もはや消滅することしかできないのである。いずれかを選ばなければならないのであって、残念ながらいつも同じ仕儀なのだ。混乱は〔英語の *war* とドイツ語の *war* を〕差異化することで消滅するが、バベル的混乱を呈した語が発音されると、混乱と共にその差異もまた消滅してしまう。われわれはこの語を、あるいは英語であるいはドイツ語で語ることを余儀なくされる。だから、バベル的混乱をそのまま耳で受容することはできない。眼だけでもできない。差異における混乱は眼と耳のあいだの隔たり、音響的エクリチュール〔表音文字〕を必要としており、それは可視的記号を発音することへと導きはするが、この記号が声のうちにすっかり解消されてしまうことには抵抗する。この場合、同綴異義語〔英語の単語でもドイツ語の単語でも *war* と綴られる〕はあくまで混乱の効果を維持している。それは、このように発語とエクリチュールのあいだで作用する異言語混淆を内に宿しているのだ。真理の屋根の下で、戦争の時に、神の名においてなされるアングロ‐サクソンの交易、商品（*Ware*）の交換。この交易や交換はきっと数々のエクリチュールの行為を経由するにちがいない。出来事はそれが記録される際の間‐化（espacement）と結びついている。記録の保存なしには出来事は生じないだろう。文字に付すこと、頁に付すことが必要なのだ。キーボードのタッチを抹消し、文字を刻む際の衝撃をかき消すこと、間、言い換えるなら文字の分割可能性――私としてはここで文字の聴取不能な性格をイタリックで *divisibilité*〔分割可能な可視性〕と強調しておきたい――を第二義的なものにすること、それもまた『フィネガンズ・ウェイク』を単一言語主義のなかへと回収し、同書をただひとつの言語の支配《ヘゲモニー》に従属させることだろう。たしかに、この支配は異論の余地なきものであり続けているのだが、今や支配の法はまさにありのままの姿を明かす。ただひとつの言語、つまり英語の支配はある戦争（*war*）の只中で現出するのだが、この戦争によって英語は他の言語を抹消しようとするのみならず、馴致され、新たに植民地化され、ただひとつの角度からのみ読まれるものと化した他の数々の固有言語をも抹消しようとする。ただひとつの言語の支配がかくも真実であったとはかつて一度もない。今日においてほど。

しかし、このような「共通の富《コモンウェルス》」（イギリス連邦）への抵抗をも読み取らねばならない。かかる抵抗は口に出されもするが、まずもって「共通の富」に抗して書かれる。〈イギリス連邦〉〔彼〕に抗して。抵抗とはまさに通過する〔生起する〕ものだ。言語の島と島のあいだ、各々の島をすり抜けて。アイルランドとイギリスはこうした島々の標徴《アンブレム》にすぎない。重要なのは、主人がある言語に対して宣戦布告して、この言語を自分に従属させると主張しつつも、この言語に彼の言語が感染（contamination）してしまうということだ。主人はこうして二重《ダブル》•拘束《バインド》のうちに閉じ込められるのだが、ヤハウェといえどもこの二重拘束を免れることはなかっただろう。たとえドイツ語と英語で同時に歌うことができないとしても、書記法、それ（elle——彼女）は多重言語性を維持している。ある言語の言語としての存続を危険にさらしつつ。

he war——神の署名。法と言語——正確には複数の言語——を与えつつ、神は戦争を宣言した。法の制定、諸言語の制定はいかなる法律・権利（droit）も前提としてはいない。たとえ〔法ならびに諸言語の制定の〕この始原の暴力が戦争に終止符を打つつもりだと強弁するとしても、また、カントなら言うだろうが、戦争を抗争《コンフリ》に転じる、言い換えるなら、戦争をありうべき仲裁に服させると強弁するとしても。法の始原的授与は、自然や動物の粗暴さを想定しているわけではないし、法律・権利の現出でもない。この授与はそのようなものではいまだないし、今後も決してそのようなものではないだろう。

he war——神のこの署名を引用することで、世界の記憶全体が『フィネガンズ・ウェイク』のなかで再演される。言語行為《スピーチ・アクト》の理論家たちなら言うだろうように、われわれは「私」（je）という語を「使用する」（utiliser）というよりは、むしろそれを引用し「言及する」（mentionner）ことができるだけであって、「私」はこうして、何らかの直接的指示対象によって目指された「現実の」主語であるよりもむしろ引用された代名詞としての「彼」（il）と化す。「彼」（il）あるいは大文

字の〈彼〉(Lui) あるいは「彼」というもの (le «il») と。「彼」(he) であって「彼女」(she) ではないのだが、彼は、戦争を宣言することで、彼が始めた戦争という事実によって彼であったのだ。戦争が起こる前には彼はいなかった。彼は反響《ヒー》し、聞くことへと自分を与え、分節化されてはっきりと発音され、最後に至るまで聞き取られる。つまり、場面〔第二部冒頭〕を締め括る最後の呟き、マムマムとは対照的なのだが、マムマムは明瞭に分節化されざる母性的な音綴で、それは「しっ」(chut) のすぐ側で、あるいはまた、最後の母音、息切れの一連の母音、息も絶え絶えの声に続く「墜落」(chute) のすぐ側で漏れる。

ハ ヘ ヒ ホ フ
マムマム

これらは最後の語群であるが、これらはもはや語群ではなく、場面の最後の一語である。『ユリシーズ』にいう「アイ・オウ・ユー」(IOU, *I owe you*)〔ぼくはきみに借りがある〕——その読解はここで遂行されねばならない (*devrait*)〔負うている、借りがある〕が、それを行うことはできない——に呼応する一連の母音〔hi ho hu〕のなかには、*he* (ヒー) が再び見いだされる。万物《トフー》・喧騒《バボフ》の場面にあって、束の間のことではあるが。頁をめくると、大きな空白に続いて〔第二書）第二章の冒頭がくる。

私としてはここではその部分を読んで響かせるにとどめたい。

> われわれがいるそこにわれわれがいるように、数羽の小鳥ゲーム〔四角独楽〕（トムティトット）、何処から何処へから絶対禁酒の雄猫〔四茶角貝独楽〕全体主義者（ティートゥートムトタリタリアン）までそろっている。お茶お茶、何が、なぜ、ちがうの（ティー、ティートゥー、ウー）(260.01.03)

最後のマムマム、この母性的音節ないし母への幼児の呼びかけについては、お望みなら、『ユリシーズ』最後のイエス——ウィ——とそれを呼応させることもできるだろう。このウィは一般に女性的なウィと言われるもので、ミセス・ブルームのウィ、ALP〔『ウェイク』の登場人物Anna Livia Plurabelleのイニシャル〕のウィであり、あるいはまた、すでにお気づきのように、誰であれ、イヴ、マリア、イシスなど「小さな《ウィー》」〔wee. ウィならびに尿の意も併せもつ〕女の子たちのウィである。川の、時間の、母音の、生命の側には〈大いなる母〉がおり、法の、創造の、子音の、転落すなわち戦争の側には〈父〉がいる。『フィネガンズ・ウェイク』に関するウィリアム・ヨーク・ティンダル〔William York Tindall, 1903–1981. アメリカのジョイス研究家〕の書物(2)のなかで、私はたまたまある文を見つけた。そこでは、*hill* という語が、フランス語では男性第三人称 *il* にあたるような人称代名詞と、十全に自覚的な仕方でではなく、どちらかと言うと無邪気な仕方で戯れている。先ほどのように、イル（島）――ならびにホア（売春婦）〔とイル、ヒーとの戯れ〕については何も言わないとしても。「彼（he）――すなわちＨＣＥ――はジョイスの家系の地理学のなかでは丘（hill）であるから、彼女（she）は川である（…）。この小さな《ウィー》女の子たちはイヴでありマリアでありイシスであり、あなたがたが考えることのできるすべての女性であり、そして雌鳥《プール》〔尻軽女、娼婦〕であり、リヴァプール〔川の淵〕であり、売春婦（whore）であり、小さな雌鳥（hen）である。」

私は先に何と言ったか。そう、こう言ったのだ。「私は自分がジョイスを愛していると確信しているわけではない（…）。ジョイスが愛されているということに私は確信がもてない。（…）ジョイスが笑っている場合は別だが。彼はいつも笑っている（…）。その場合には、彼の笑いの相異なる音色を区別する差異にすべてが懸かっていることになろう（…）」、と。

これこそ手始めに私が示唆しておいたことである。だとすると、問いは次のようなものとなろう。なぜ笑いは、ここでわれわれを『フィネガンズ・ウェイク』に結びつけている経験の全体を突き抜けるのだろうか。なぜ笑いは、それ以外の様態、たとえば不安や愛情といったもののどれにも――それらの豊富さ、それら相互の異質性、それらの重層的決定がいかなるものであれ――

還元されないのだろうか。笑いが時に計算可能なものと計算不能なものとの境界にあって本質を笑うとして、『フィネガンズ・ウェイク』のこのエクリチュールは笑いの本質についてわれわれに何を教えるのか。あるエクリチュールについて、それが依然として計算しているのかどうか、より巧みに、より多く計算しているのかどうかがもはや分からない場合、このエクリチュールが秩序そのものならびに計算の経済、更には、計算の世界となおも同質であるような決定不能なものの経済を超越しているのかどうかがもはや分からない場合、計算可能なものの全体はこうしたエクリチュールによって挫折させられる。かくして、笑いのある性質は情動《アフェクト》のごとき何かを、計算ならびに計算可能な一切の文学のこの彼岸にあてがうことになろう。しかしその場合、情動という語は未決定なもの、依然として未知数であろう。もし情動という語を規定するものがあるとしたら、情動という語のうちにあって、制御したり操ったりする主体のいわゆる能動的活動性のすべてを、どんな企図、どんな意味することにも先立って計算の彼方に与えられるものへと曝すところのもの以外にはありえない。

たぶん、たぶん、笑いの他ならぬこの性質は、きわめて高く、きわめて低く、どちらかは私にはもう分からないが、祈りの涙を通して響く(それにしても、なぜ祈りを通して笑うことはできないのか)。そんな祈りが、章尾のハヘヒホフのすぐ前にある。

「声大なる神よ、われらに山のような苦難を加え給うとも、われらの業にいつも低い笑い声を伴わせ給え。[3]」

　署名をとても低い声であざ笑い、笑いによって署名し、呟きのような祈りのなかで、ばか笑いと固有名の苦悩を鎮め、神に嘆願しつつ、業に、それも笑いの業に即して与える身振りを、神がわれわれにさせたのを許すこと。

　初めにこの怨恨があった。私はそれを冒頭で語った。ジョイスに関しては、いつもこうした怨恨がありうる。けれども、それはバベルの神に対するジョイスの復讐を近視眼的に過大視することだった。この報復の神に、スピノザは『神学政治論』のなかで取り憑かれている。報復するためにこの神は数々の掟をもたらすことになった！というのだ。とはいえ、この神はすでにして自分自身の署名を苦しめ、歪めていた。この神はそれ、つまりこの苦悩だった。すなわち、ありうべきすべての翻訳者に対するア・プリオリな怨恨なのである。私を翻訳し、私の名に触れ、私の名の発声にエクリチュールの肉体を与えることを、私は君に命じるとともに禁じる。

　この二重の命令によって、神は署名する。署名は法の後で到来するのではなく、法の一部を成すような行為である。たとえば報復、怨恨、仕返し、権利請求は署名としてある。しかしまた、贈与、言語の贈与としてもある。神は祈られるがままになり、神は聞き入れ、身を屈める（大声で／低い声で）［*Loud/low*］。祈りと笑いはおそらく署名という悪を、それによってすべてが始まるような戦争の証書〔戦争の行為〕を赦すのだろう。それが技法、ジョイスの技法であり、作品と化した彼の署名のために与えられた場所である。

he war ——それは連署（contresignature）であり、連署は確証するとともに反対し、署名しつつ抹消するのだ。連署（elle）は結局は、声高に話す〈父〉ないし〈主〉——ほぼいつも〈彼〉（Lui）であり男性である——に「われわれ」と言い、「ウィ」と言うのだが、ここでは最後の言葉を女性に残す。そうすれば、今度は女性がわれわれと言い、ウィと言うだろう。

he war と連署された神よ、われわれのうちにみずからを署名する神よ、われわれに笑いを与え給え。然り（アーメン、シック、シ、オック、オイル）。

（1） これを「そして事情はこうだった」と訳したフランス語訳で試みられているのがこのことである。それはもはや戦争ではない。

（2） ウィリアム・ヨーク・ティンダル『『フィネガンズ・ウェイク』読者ガイド』（William York Tindall: *A Reader's Guide to*《*Finnegans Wake*》, Londres, 1969, p. 4）

（3） ラヴェルニェがそうしているように、「低い笑い」（laughters low）を「控えめな笑み」（sourire discret）と訳せるかどうか、私には分からない。しかし、たとえば祈りの最初の語と最後の語の対立、*Loud/low* をどう訳せばいいのだろうか。それに、訳さなければならないのだろうか。ここは訳さなければならない、少なくとも翻訳を試みるべきだが、そこは訳す必要がないなどということを、いかなる基準で決定すればいいのだろうか。もうひとつ例を挙げるなら、*Ha he hi ho hu* は訳すべきだろうか、訳すべきではないのだろうか。因みに、この表現のなかの *he* は言語〔英語〕の「真の」単語の同音異義語もしくは同形異義語であり、だから、実在する語である。つまり、*he* は真にあったのだ（*he war*）。しかし、「訳さなければならないのか」という問いはいつも手遅れの問いではないだろうか。この問いは熟慮を経た決定の対象とはなりえない。これこそ *he war* という二つの語の、そしてまたこの「ふたこと」の主張なのだが、翻訳は読み始めたときからすでに始まっていたのだし、更に言えば、読書に先立って始まっていたのだから。翻訳されたエクリチュール以外のエクリチュールはほとんど存在しない、と『創世記』はわれわれに言っている。そして、バベルとは高さの相違でもある。声（*loud/low*）においてと同様、空間においても。塔の建設は *he war* によって中断される。「さあ！ 降りよう！ そこで彼らの言葉を混乱させよう。人間はもう隣人の言葉も分からなくなるだろう。」（『創世記』一一・七―八、アンドレ・シュラキ訳）

ユリシーズ　グラモフォン

——ジョイスが「然り《ウィ》」と言うのを聞くこと

1

Oui, oui, vous m'entendez bien（ウィ・ウィ・ヴー・マンタンデ・ビヤン）〔ええ、ええ、私の言うことがよく分かりますか〕――これらはフランス語の単語である。

もちろんそうであって、これ以外の文についてわざわざこの点を確証する必要さえないのだが、この『ジェイムズ・ジョイス・シンポジウム』の主催者たちが快く私に許可してくれたお蔭で、私が多少なりとも「私の言語」と想定された言語でみなさんに話していることを知るためには、少なくともみなさんがフランス語をある程度解するなら、最初の言葉たるウィを耳にしただけで十分だろう。ただ、「想定された」(supposé, supposed) というこの最後の表現はほとんど英語に特有な言い回しなのだが。

まさにそうなのだが、しかし、このウィを引用したり、それを翻訳したりできるだろうか。これこそ、この発表のなかで私が提起しようと意図している問いのひとつである。みなさんに向けて私が投じたばかりのいくつかの文は、どのように翻訳されるだろうか。いささか軽率にもモリーの独白と称されているものをモリーが始め、そして終えるのとまったく同様に、私が冒頭で発した文〔ウィ、ウィ〕、すなわちウィの繰り返しは、二つのウィ、私は今「ウィ、ウィ」を引用しているのだが、これら二つのウィに言及するだけでは満足せず、それなりの仕方で二つのウィを使用している。私の話の始まりにおいて、私はみなさんにウィと言ったのか、それともウィを引用したのかを決めることはみなさんにはできなかったし、今もなおそれを決めることはできない。引用した、と言ったが、より一般的に言うなら、「これらはフランス語の単語である」と注意を促すために、先に私は二度にわたってウィという語に言及したのかどうか、それを決めることはできないのだ。

第一の場合には、私は肯定し、同意し、賛同し、承認し、応答し、約束している。いずれにしても私は誓い、署名しているのだ。使用（*use*）と言及（*mention*）とのあいだに言語行為論が設けたおなじみの区別[9]は依然としてある程度は有効なのだが、それを再び援用するなら、ウィの使用はつねに、署名の契機のうちに少なくとも内包されている。

第二の場合には、私はむしろウィ、ウィを引用し、それに言及したことになるだろう。たしかに、引用し、言及する行為もおそらくは何らかの署名ないし何らかの言及行為の確証をも想定している。けれども、この確証は暗黙のままにとどまるから、暗黙のウィは、引用され言及されたウィとは混同されたりはしない。

だから、「ええ、ええ（ウィ、ウィ）、私の言うことがよく分かりますか、これらはフランス語の単語です」という文で始めることで、私が語ろうと欲したことないし行おうと欲したことが何であるかを、みなさんは今もなお知らないでいる。事実、みなさんは私の言うことがよく分かっているとはまったく言えないのだから。

問いを繰り返しておくと、みなさんに向けて私が投じたばかりのいくつかの文はいかに翻訳されるのだろうか。これらの文がウィに言及し、更にはウィを引用しているとすれば、それらが反復しているのはフランス語の単語であり、翻訳は明らかに理不尽で不当である。イエス、イエスと訳すと、これらはもはやフランス語の単語ではないのだ。『方法序説』の末尾で、デカルトは、なぜ自分は自分の国の言語（フランス語）で書く決心をしたのかを説明しているが、[10]『序説』のラテン語訳はこの一節をあっさり切り捨ててしまった。要するに、「これこそ今・ここで私（デカルト）がフランス語で書いているもっともな理由である」と読者に語っている文をラテン語で書くことに、いかなる意味があるというのか。ラテン語が、フランス語という言語での（デカルトによる）この主張を乱暴に抹消してしまった唯一の言語であるというのは本当である。なぜなら、ラテン語訳は他の数々の翻訳と変わらぬひとつの翻訳ではなく、それは『方法序説』を、当時の哲学界の掟に即して、真の言語で書かれた真の原本であったはずのものへと送り返すと主張していたのだから。これはまた別の講演で取り上げることにしよう（近刊予定）。

私はただ、あるひとつの言語の自己言及的な肯定は翻訳不能であるということを指摘したかったのだ。あるひとつの言語を用いて当の言語のことを主張する《ルマルケ》（*remarquer*）行為〔あるひとつの言語のなかに当の言語を再記入する《ルマルケ》行為〕は、それによってこの言語を二度肯定する。一度はその言語を話すことで、一度は、この言語がそのように話されたということを語ることで。この行為は再 - 記入（*re-marque*）の空間を開くのだが、この空間は、同時に〔同じひとつのものではあるが二重の打撃によって〕、翻訳に抵抗するとともに翻訳を呼び求める。バベルの歴史と名前に関して、別の場所で私が思い切って施した区分に従うと、翻訳不能であり続けるものこそ実は翻訳されるべき（*à-traduire*）唯一のものであり、唯一翻訳可能なもの（*traductible*）であることになる。翻訳可能で、かつ翻訳されるべきものは翻訳不能なもの（intraduisible）でしかありえない。

　私がウィについて、少なくともその数々の様態のいくつかについてみなさんに話そうとしているところだったのはもうお分かりだろう。『ユリシーズ』のいくつかの場面を通じて、あくまで手始めの素描としてではあるが、すぐ後でこの点を明らかにしたい。

　終わりなき循環ないし周航に直ちに終止符を打つために、最善の始まりをめざして袋小路《アポリア》を回避するために、私はフランス語でよく言われるように「水に飛び込んで」〔困難な決断をして〕、みなさんと共に出会いの偶然性《アレアトワール》に身を委ねる決心をした。ジョイスにあっては、偶然的機会《チャンス》はつねに、数々の形象〔比喩、登場人物〕や術策の重層的決定に即して、一定の法則や方位や計画によって繰り返し捉えられる。とはいえ、数々の出会いの偶然《アレア》、数々の偶然の一致の偶発性《アザール》は、いかなる期限であれ最後にはまさに肯定され、受け入れられ、そして更には承認される。「いかなる期限であれ最後には」(dans toutes les échéances) とは言い換えるなら、『ユリシーズ』においても、またおそらくは他の作品でも、正当な家系を逸脱 (dérive) させるような系譜学的なあらゆる偶然的機会において、という意味である〔échéance の chéance は chance と同じく「転落する」choir から派生した語であり、また、接頭辞の é は逸脱の意で dérive とつながる〕。これはブルームとスティーヴンの出会いにおいてあまりにも明白だが、すぐ後でこの出会いにふれることにしたい。

水に飛び込む、と私は言った。そのとき私が考えていたのが湖の水だったことははっきりさせておかねばならない。ただ、みなさんは「海を漂う小瓶」〔『ユリシーズ』の「ナウシカア」には「難破船から投げた瓶」と記されている〕のことを思い浮かべられたかもしれない。みなさんはジョイスのこの言葉をご存じなのだから。しかし、湖もまたジョイスとそれほど疎遠ではない。すぐ後で、この点をはっきりさせることにしよう。

偶然に対して私はウィと言った。まさにそれによって、あなたがたを偶然へと委ねることを決心しながら。私はこの偶然に東京という固有名を与える。

東京、この都市は、ダブリンもしくはイタケーへと再び戻るような西欧の円環の上にあるのではないだろうか。

あてのない彷徨、ランダムな散策《ランドネ》のなかで、ある日私は『ユリシーズ』の一節〔『エウマイオス』、避難所、午前一時、五六七頁〕へと導かれたのだが、そこでブルームは次のようなものの名を挙げている。「出会いの偶然的一致（coincidence）〔coincidence の cidence も、上記 chéance, chance と同じ語源的意味をもつ〕。論議と舞踏と騒動と旅鴉のような老練の船乗りと夜の浮浪者たちと出来事の天の川〔銀河〕全体の一致」を。これら「すべてがわれわれの住んでいる世界を縮小した精密きわまるカメオを造り上げていたのだ（…）」。

「出来事の天の川〔銀河〕」（the galaxy of events）はフランス語では une gerbe des événements〔出来事の束〕と訳されているが、これでは〔ミルキー・ウェイの〕ミルクがすべて失われてしまう。それゆえにまた、ミルク・ティーも失われてしまう。『ユリシーズ』をまさに天の川（ミルクの道ないしギャラクシー）たらしめるためにたえず『ユリシーズ』を潤わせていたミルク・ティーも。ここで、もうひとつ余談を差し挟むのをお許しいただきたい。「言及」もしくは引用を通じてウィを反復するとき、ウィに何が起こるのかとわれわれは問うた。しかし、ウィが登録商標《マルク》、一種のパテント〔営業税〕の譲渡不能な証書と化すとき、何が生じるのだろうか。われわれはここでミルクを攪拌して酸凝固《トゥルネ》させているのだから、ウィが、そう、ヨーグルトの商標もしくは副商標になったら、何が起こるのだろうか。私はオハイオについて何度か語ることになろうが、オハイオとは『ユリシーズ』に登場する場所である。ところで、このオハイオにはダノン・ヨーグルトなるものがあって、その登録副商標は単に YES と表示されている。ヨーグルトの蓋にじかに大きくYESと読みやすい字で書かれていて、その下に「YESにNOとは言えないでしょ」との広告文が書かれている。

私は「出会いの偶然的一致」から始まる一節を引用している途中だった。その少し後で、東京という名が登場する。唐突に、電文体で。ブルームの肘の下に「運良く」（と彼はこの一節の冒頭で言っている）置かれた『テレグラフ』〔電信〕紙の見出しとして。

東京という名はある戦争、「大会戦　東京発」（Great battle Tokio）と結びついている。これはトロイ（Troie）ではなく一九〇四年の東京である。すなわち、ロシア本国との戦争のことなのだ。

さて、私は一カ月以上前に東京にいて、そこでこの講演の原稿を書き始めた。というよりもむしろ、携帯テープレコーダーに向けて講演の要点を吹き込み始めた。

このようにテープに吹き込むことで、私はこの講演に五月一一日の朝、と日付を記入すること――ところで、日付を記すこと、それは署名することなのだが――を決心した。その朝、私はホテル・オークラ地階《ベイスメント》の新聞類を置いた売店で絵葉書を探していた。日本の湖、まさしく内海であるが、それの映った絵葉書を私は探した。そのとき、ある考えが私の脳裏をよぎった。『ユリシーズ』に登場する湖のほとりを辿り、地中海という生命の湖と死の湖（*Lacus Mortis*）とに挟まれた数々の湖の周りを一周する冒険に出かけるという考えが。死の湖という名は、まさに母の象徴に支配された産婦人科医院の場面で登場する。「（…）彼らは群れをなして、沈没した海、この死の湖にやってきた（…）。死海のほうへと、彼らは水を飲むために重い足取りで進んだ（…）。」
(411)

なぜこんな考えが浮かんだかというと、実はその前から、私は、『ユリシーズ』に関するこの講演のために、郵便葉書の場面と（みなさんが英語で言うように）取り組む《アドレス》ことを思い描いていたのだ。『郵便葉書』でかつて行ったのとは反対のことをと言ってもよいが、そこでは私は、『フィネガンズ・ウェイク』の郵便制度におけるバベル化〔異種言語混淆〕を再び上演しようと試みたのだった。おそらくみなさんは私よりもよく知っておられるだろうが、郵便葉書をめぐるひとつのゲーム〔jeu de cartes postales. トランプ・ゲーム jeu de cartes をもじった表現〕の全体がおそらく、『ユリシーズ』での内海の周囲をめぐる数々の行程の地理は郵便葉書ないし郵便物の送付地図〔作製法〕の構造をもちうるとの仮説を仄めかしている。このことはやがて徐々に証明されるだろうが、さしあたりは、郵便葉書が公開に等しいものであることを語ったJ・J・の一文をあらかじめ摘出しておこう（prélever）。公共的な書き物や公開されたテクストはどれも、公開された書簡すなわち郵便葉書と同様に、剝き出しで、したがって私的ならざる表面としてさらされている。郵便葉書だと、宛て名の記載は通信文と一体となっているために曖昧で、通信文の言葉も人目を気にして型にはまった表現に抑えられると同時に、時にはそれが何かを仄めかす符号《コード》にもなる。まさに符号や数字によって、郵便葉書は凡庸なものになっているのだ。逆に言うと、郵便葉書はどれも、一切のプライヴァシーを剥奪《プリヴェ》された公共的な記録であって、それゆえ更に、法の支配下に置かれる。これこそJ・J・が言ったことだ。J・J・（どんなイニシャルでもよいわけではない）〔『ユリシーズ』の登場人物J・J・オモロイのイニシャルだが、ジェイムズ・ジョイスのイニシャルでもある〕は言っている。「――そればかりか、郵便葉書を出すことは公開することだよ。サドグローヴ対ホールの訴訟が判例になっているように、郵便葉書を出すのはそれを公開する悪意があったことの十分な証拠とみなされるんだ。私が思うには、訴訟は成立する《ライ》（action might lie）だろうね」（320）。最後の文を翻訳すると、法を前にして訴追する（英語では *to sue*）だけの正当な根拠がある、となるだろうが、こうも訳せる。「行為・訴訟は嘘をつく《ライ》こともある」（action pourrait mentir）とも。初めに言語行為（*speech act*）が……。

郵便葉書はその後の場面にも転送されて引き継がれていく。みなさんはその痕跡もしくはその中継地をミスター・レギーの郵便葉書のうちに見いだせるだろう。ガーティーによって今にも「ばらばらに」引き裂かれかねない「彼のばかな郵便葉書」（360）のうちに。他の数々の郵便葉書のなかでも、「フリンへの郵便葉書」が重要だが、この郵便葉書については、ブルームはおまけに住所を書き忘れたことに気づく。このことは、匿名の公開性という性格を浮き彫りにしている。すなわち、郵便葉書は固有の名宛人をもたないのだ。模倣できない何らかの署名を添えて受領を告知する男女を除いては。『ユリシーズ』、この巨大な郵便葉書。「ミセス・メリアン。おれはあの手紙にも宛て名を書き忘れたのか？　フリンに出した郵便葉書みたいに」（367）。論証の、というか、より正確には語りのこのような道程のなかで私は数々の郵便葉書を抜き出しているのだが、そのつど、この道程を再構成することは私にはできない。ここには、方法に係わる避けがたい問題がある。すぐ後で、それへと立ち戻ることにしよう。宛て名なき郵便葉書は忘れられたままになっているわけではなく、ブルームが行方不明のある手紙を探そうとしたその瞬間、それは彼の良き記憶に甦る。「あの手紙はどこにしまったっけ？　そうだ、分かった」(365)。ここにいるう安堵の「そうだ《イエス》」はどこにしまったかを思い出すという記憶の蘇生を伴い、それを確証しているといと考えてよいだろう。つまり、手紙・文字の場所 (le lieu de la lettre)〔ラカンの表現〕が再び見いだされたのだ。もう少し後の箇所では、レギーの「ばかな郵便葉書」に続いて「ばかな手紙」とある。「まったくよかったぜ、今朝、風呂のなかで、あなたを懲らしめてやるんだからなんていう彼女のばかな手紙であれしないでさ」(366)。風呂の芳香とこの手紙の報復がわれわれのところに届くのを待つこととしよう。こうした愚弄はエスカレートして、「郵便葉書一枚で一万ポンド儲けようと企んでいる」者へのモリーの皮肉たっぷりの嫌味にまで行き着く。「今ごろ、〔彼は〕スリッパで歩きまわって郵便葉書一枚で一万ポンド儲けようと画策しているけど、だめだめ、ああ愛しいメイ……」(665)。

それはそうと、私は東京にいてホテル・オークラの地階の廊下《パサージュ》で絵葉書を買っているところだった。ところで、「出会いの偶然的一致」、つまりスティーヴンをブルームに結びつける彷徨える種《しゅ》または私生児的な系譜や、「出来事の天の川」等々を想起した後、電文体で「大会戦　東京発」に言及するくだり、それはもうひとつの郵便葉書に係わる一節《パサージュ》である。今度は宛て名のない郵便葉書ではなく、通信文のない郵便葉書である。だから、まるで文面《テクスト》のない郵便葉書であって、それは写真と宛て名の単なる組み合わせ、その連合（association）に還元されてしまうだろう。ただ、ここではおまけに住所が架空のものであることが分かる。この通信文のない葉書の名宛て人は一種の架空の読者である。この点に立ち戻るに先立って、「東京」のくだりを包囲してみよう。このくだりを引用しなければなるまい。それは、帰属（*appartenance, belonging*）をめぐるブルームとスティーヴンの次のような驚くべきやり取りのすぐ後に続く箇所である。「じゃあ、あなたは、とスティーヴンは半ば笑いのようなものを交えながら言い返した。あなたは、ぼくが重要なのは、ぼくが聖パトリスの土地、つまりアイルランドに属しているからだ、と思っているのですね。」

「更に一歩踏み込むことだってできる」、とブルームは仄めかして言った［フランス語訳は「更に一歩」a step farther を un peu plus loin〔もう少し先に〕と訳しているが、この訳は、J・J・とという連署者には悪いが、実に多くのことがらを取りこぼしている。なかでも「義父」を。a step father という表現が step father〔義父〕を含意していることを。義父には、養子縁組や息子の帰還、あるいは娘との結婚によって父子関係が合法化されることへの願望がある。これは系図にまつわるあらゆる幻想《ファンタスム》の底に刻印された願望で、遺伝子交配や種の危険な散布《ディセミナシオン》を伴っている。けれども、誰が誰に属し、何が誰に属し、何が何に、誰が何に属しているのかは決して分からない。郵便葉書の所有者が存在しないのと同様に、帰属には主語は存在しない。郵便葉書は指定された名宛人なきものにとどまるのだ」。

「だけど、ぼくが考えるには、とスティーヴンはさえぎった。アイルランドが重要なのは、アイルランドがぼくに属するからなんだ。

「何が属しているだって？」とブルームは聞き返した。たぶん自分は何か聞き違えたのだろうと思って身を乗り出しながら。「失礼。あいにく後のところを聞き逃してしまって。何がきみに？……」

すると、スティーヴンはいらだって先を急いだ。「われわれは自分の国を変更できないってことですよ。話題を変えましょう」（565–566）。

東京に行くだけでは、国を変えるためには十分ではない。いや、言語を変えるためにも不十分だ。

さて、もう少し先の箇所では、通信文を欠き、架空の名宛人に宛てられた郵便葉書がまたしても登場する。ブルームは出会いの偶然のことを、出来事の天の川のことを考えている。彼は書くこと、自分に起こったことを書くことを空想する。私がここでそうしているように、自分の物語、彼自身の言葉では「自分の経験」(my experiences) を書き、投稿欄のごときものに寄稿し、この日刊新聞のなかの日記 (journal dans un journal)、日記もしくは個人的な新聞のなかで、自由に、制約なしに連想を展開しつつ、書くことを。

かくしてわれわれは近づいている。東京が出てくる箇所の近くの郵便葉書に。「出会いの偶然的一致 (…)、出来事の天の川 (…)。機会を活かして、自分の経験を書き留めれば、ミスター・フィリップ・ボーフォイと同じような幸運 (ラック――湖と同じ発音)〔強調デリダ〕にありつけるだろうかと、彼は思いをめぐらした。(真に彼がそうしたがっていたように) 何か型破りなものを著すとしたら、一段につき一ギニーの値段で、題名は『私の経験』、それもたとえば『御者の詰所《シェルター》での……』としようか。」

「私の経験」とは、「意識の経験の学」というヘーゲル的意味での私の「精神現象学」であると同時に、ユリシーズの大巡回、その自伝的・円環的周航でもある。『オデュッセイア』については、しばしば精神現象学のことが話題になった。が、ここでは、精神の現象学は、文字や電報や、たとえば『テレグラフ』(*Telegraph*) ――電信もしくは遠隔的筆記 (écriture à distance) ――と名づけられた新聞や、最後には数々の郵便葉書の成り行きに任せた意識と無意識の日記というかたちをまとうことだろう。因みに、船乗りのポケットから取り出された郵便葉書のように、これらの郵便葉書に書かれているのはしばしば幻の宛て名だけである。

ブルームは「私の経験」について語ったすぐ後で言っている。「見てきたような嘘をつく（tell a graphic lie）この『テレグラフ』紙のピンク色をしたスポーツ最終版が、幸運にも彼の肘のわきにあった。彼はどうも納得がいかなかったので、ある国が彼に属するとはどのようなことだろうと悩んだり、はたまた、ブリッジウォーターから船が来て、A・ブーディンに葉書が来て、などと以前にも考えた判じ物に悩み、船長の歳を当てたりしていた。そうしながらも、彼の眼、（眼 *eyes* の強調はデリダ。この点については後で取り上げる）は、自分の得意分野に入る見出しのひとつひとつの上を漫然と行き来していた。「すべてを包括する父よ、われらの日々の新聞を今日われらに与え給え。」最初はこれを見て少々はっとしたが、それは、タイプライターかその類のものの販売人で、H・デュ・ボイズという名のひとについて書かれた記事にすぎないことが分かった。大会戦、東京発。ゲール語の情事。慰謝料二百ポンド」（567）。

私としては、ここで「会戦　東京発」の戦場の地層図（stratigraphie）を分析するつもりはない。専門家たちであれば果てしなくそれを行うことができるだろうが、講演という性格上、私に許されるのはただ、海に投じられた郵便葉書のように、東京での私の経験をみなさんに語り、次いで、ウィをめぐる問い、偶然とジョイス的経験――専門家による鑑定としての経験――をめぐる問いをその途上で提起することくらいだろう。それにしても、ジョイス専門家ないしジョイス博士とは何だろうか。ジョイス的制度のごときものとは何だろうか。それがフランクフルトで私に授けてくれた厚いもてなし（hospitalité）をどう考えればよいだろうか。

絵葉書への言及を、ブルームは、単なる観念連合や、見たところ無意味でそれを誇示してさえいる隣接関係によってすでに羅列されていることがらのなかに挿入している。そうしたことがらのひとつに、隊長の年齢に関する質問があるのだが、そこでは、質問とは明確な連関をもたない一連のデータ、さまざまな「判じ物」の絵のごときものが呈示されているだけなので、隊長の年齢は計算されるべきであるよりもむしろ、当て推量で言い当てられなければならない。ただ、この遊びは隊長《カピテンヌ》（capitaine）とあるのが実は船長（capitaine d'un bateau）であることを言外に仄めかしてはいるのだが。

さて、絵葉書とはまさに、船乗りが、海の旅人が、船長が語っていた絵葉書のことで、この船長はユリシーズのように、地中海という湖をめぐる長い周航の後である日もどってくるのだ。何頁か前には次のような文が記されている。場所も時刻も同じである。「もちろんさ、と船乗りは思い出しながら答えた。初めて船に乗ったときからおれは世界を回り続けてきた。紅海にも行った。それに、中国、北アメリカ、南アメリカにも行った。氷山もたくさん見たぜ、御者さんたちよ。ストックホルムに黒海、ダーダネルス海峡にも行った。船を沈没させるにかけては右に出る者のないとんでもないダルトン船長率いる船でな。ロシアも見たし（…）、ペルーの人食い人種にも会った……」（545–546）。

彼は至る所に行ったことがある。でも日本には行っていない、と私は思う。ところで、ここで彼がそのポケットから取り出すのが文面のない絵葉書なのである。宛て名はというと、それは架空のもの、それも『ユリシーズ』と同じくらい架空のものなのだが、絵葉書はこのユリシーズ〔件の船乗り〕がポケットにもっている唯一のものである。「彼はまるで倉庫のような内ポケットを探って、一枚の絵葉書を取り出し、それをテーブルの上を滑らせて向こうへ押しやった。そこにはこう印刷されていた。ボリヴィア、ベニー、インディオの小屋、と。」

「みんなの注意が絵葉書に描かれた光景に集まった。そこには、未開人の女性の集団がいて、彼女たちは縞の腰巻きをまとっている（…）。」

「彼の絵葉書は、少なくとも数分間は、何も知らない男たちの関心の的となった（…）。」

「ミスター・ブルームは驚いた様子を見せることなく平然とその葉書を裏返して、半ば消えかかった宛て名と消印を判読しようとした。そこには、こんなふうに綴られていた。「郵便葉書。チリ、サンチアゴ市、ベッケ通り《アーケード》 A・ブーダン様」、と。眼を凝らして見たけれども、明らかに、通信文はなかった。ミスター・ブルームはもともと、船乗りが語ったようなぞっとする話を盲目的に信じるたちではなかったが、今、彼の名前（もっとも、彼がそう名乗っているとおりの人物で、しかも、どこかでこっそりと進路を変更して、贋の船舶旗を掲げて航海しているのでないとしてだが）と葉書の架空の宛て名との食い違いを見破ったことで、船乗りの「誠実さ」への疑いはますます募った。にもかかわらず……」(546–547)。

ところで、私は東京で、湖の写真の入った絵葉書を買おうとしているところだった。私は、「ジョイス学者たち」の前で、『ユリシーズ』におけるウィについて、そしてまた、ジョイス研究の制度について発表する際に怖じ気づかないだろうかと心配になっていた。そのとき私は、ホテル・オークラの地階でたまたま入った売店で、まさに「出会いの偶然的一致」であろうが、イマイ・マサキ著『ノーと言わないための一六の方法』(Massaki Imai : *16 ways to avoid saying no*) という書物と出くわしたのだ。私が思うに、それは商売の駆け引きに関する書物だったのだろう。礼儀正しさから、日本人たちは、ノー(ノン)と言いたいときでも、できるだけノーと言うのを避ける、とそこには書かれている。ノンと言うことなくノンと言いたいとき、いかにしてノンを理解させることができるのか。ノンを、いかにしてウィによって翻訳するのか。ウィ/ノンという独特な対に関して、翻訳するとは何を意味するのか。これは帰り道でわれわれを待ち受けている問いである。(1) この書物と同じ棚に、それと並んで、同じ著者のもう一冊の書物が置かれていたが、それもまた英訳で『決してイエスを答えと思うな』(*Never take yes for an answer*) と題されていた。

さて、このウィという語は何も名づけず、何も叙述せず、また、その文法的で意味論的な位格はこのうえもなく謎に満ちているのだが、たとえこの特異な語について、どのようなことであれ何か確実なこと、疑いもなくメタ言語的なことを語るのが至難の業であるとしても、この語について少なくとも次の点を肯定することはできると思われている。すなわち、それは答えとみなされるべきなのだ（*it must be taken for an answer*）。この語はつねに応答のかたちをまとっている。それは他人に続いて到来して、他人の要請や問い――それが暗黙の要請や問いであっても構わない――に応答しようとする。たとえ、ここにいう他人が私のうちなる他人、私のうちでの他なる言葉の表象にすぎないとしても。ブルームならこう言うだろうが、ウィは、他人からの何らかの呼びかけへの「盲目的な信者」を意味しているのだ。ウィは応答ないし返事の意味、その機能と使命をつねに備えている。やがて見るように、たとえこの応答が時に始原的で無条件な誓い（engagement）の射程を有しているとしても。ところが、われらが日本人の著者は、決して「イエスを答えと」とらないようにわれわれに忠告しているのだ。この忠告には、二つの主張〔言わんと欲することvouloir dire〕が込められていると考えられる。ウィはノンと言わんと欲するものたりうるし、ウィは応答ではないという二つの主張が。こうした用心は外交的‐商談的な文脈にとどまっているかに見えるが、やがてわれわれを更に遠くへ、この文脈の外へと運んでいくだろう。

ただ、今は「私の経験」の投稿〔年代記、家系図〕の続きを語ることにしたい。先の書物の題名を私がメモしていたとき、いかにも典型的なアメリカ人の旅行者が私の肩ごしに身をかがめてため息をついた。「なんてたくさんの本があるんだ！　これだっていう本はどれだ？　だいたい、そんなものがあるのか?」、と。それはごく小さな書店、新聞類を置いた売店にすぎなかった。私はあやうく、「ええ《イエス》、ありますよ。そのうちの二冊は『ユリシーズ』と『フィネガンズ・ウェイク』ですよ」と彼に答えるところだった。けれども、私はこのウィを自分の胸のうちにしまっておき、英語を解さない者であるかのように、間抜けな笑みを浮かべるだけにした。

(1) この問いをどう取り扱うかは、『ユリシーズ』のテクストの全体を、無言のうちに側面から圧迫しているアイルランド語特有の語法によっても決定的な仕方で規定されているのだろう。アイルランド語もそれなりの仕方で単刀直入なウィとノンを避ける。「きみは病気なの?」という問いに、アイルランド語はウィともノンとも答えず、「私はそうなんです」「私はそうじゃないよ」にあたる表現で答える。「彼は病気だったの?」に対しては、「彼はそうだった」とか「彼はそうではなかった」などと答える。ラテン語の *hoc*〔これ〕がウィの意味をまとうことができたその仕方は、おそらくこのようなやりとりと無縁ではない。つまり、〔中世北フランスのオイル語でウィを表した〕オイル *oïl*(*oïl* はラテン語の *hoc illud* に由来する)と〔やはり *hoc* に由来し、中世南フランスのオック語でウィを表した〕オック *oc* は、ある言語で「はい」(ウィ)がどのように語られるかという仕方によって言語を名づけることに貢献したのだ。時には、イタリア語も「シ(*si*)の言語」と呼ばれることがあった。シはウィの意で、それが言語の名称と化しているのである。

2

私はこれまで『ユリシーズ』における数々の手紙〔や文字〕についてみなさんに話してきた。郵便葉書やタイプライターや電報について。しかし、電話がなおも欠けている。私はみなさんに電話的経験（expérience téléphonique）について語らなければならない。

ずっと以前から、そして今でもまだ、私は、専門家たちが居並ぶ前でジョイスについて発表する準備など決してできないと思っている。ジョイスが問題であるとき、専門家とは何だろうか、それこそが私の問いである。相変わらず怖じ気づいたままで、準備も遅れていたので、三月に友人のジャン＝ミシェル・ラバテが発表の題名を聞こうと電話をかけてきたとき、私はまったく困り果ててしまった。私はまだ発表の題名を決めていなかったのである。ただ、自分が『ユリシーズ』におけるウィ〔イエス〕を論じたいと望んでいることだけは分かっていた。困り果てた私はただ漫然とウィの数を数えることさえ試みたのだった。原本と呼ばれているもの（ただ今日では、原本という表現を使うには若干の慎重さが必要であることを、われわれは以前にも増してよく知っている）には、二二二回以上、イエスという語があった。たぶんこの数字も実に概算的なものなのだろうが、ただ私は、イエスとはっきり書かれている箇所だけを数え上げた最初の加算(1)の後で、ようやくこの数字に到達したのだった。私が「イエスという語」とわざわざ断ったのは、イエスという語ではないがウィの意味をもつ語もありうるだろうし、これが何よりも途方もない問題なのだが、翻訳されると、もはやその数は同じではなくなるからなのだ。フランス語訳ではずいぶんとその数が多くなる。これらのイエスのうち四分の一以上が、モリーの独白と安易に呼ばれているもののなかに集中している。しかし、ウィがあるや否や、独白のなかに侵入が起こり、もうひとりのひとがたとえば電話の向こうでつながっていることになるのだ。

だから、ジャン＝ミシェル・ラバテが私に電話してきたとき、私はすでに、こう言ってよければ『ユリシーズ』におけるウィならびにジョイスの専門家たちの制度を検討することを決意していたのだ。そして更には、ウィが書き留められ、引用され、反復され、記録され、録音されて、翻訳と転移（transfert）を蒙るとき、何が起こるのかを検討することも。

けれども、まだ題名はきまっていなかった。あるものといえば、ひとつの統計結果と一枚の紙片に書いた若干のメモだけだった。私はラバテにちょっと待ってくれるよう頼んで、自分の部屋に上がり、メモを記した紙片を見やったのだが、そのとき、ある題名が私の脳裏をよぎった。抵抗できない簡潔さ、電文的語順の有無を言わせぬ権威を伴って。その題名とは「ジョ、イ、ス、が、ウィというのを聞くこと」(*oui dire de Joyce*) である。「ウィ・ディール・ドゥ・ジョイス」と言うと、みなさんはきっと「ジョイスがウィと言うこと」と解されたことだろう。しかし「ウィ・ディール」〔伝聞〕は「言うこと《ディール》」もしくは「ウィ」が聴取されることでもある。つまり、「ウィ・ディール」は、ジョイスが言う「ウィ」の引用として聞こえもすれば、経めぐるざわめき、噂《ウイ・ディール》〔ouï-dire〕としても聞こえるのだ〔この意味でのウィ・ディールはスピノザのいう第一種の認識に相当している〕。その狭間を周航するかのように、内耳の迷宮のなかを周航する、そうした「ウィ・ディール」として聞き取られたのだが、このことはただ「言われるのを聞くこと」(ouï-dire, *hearsay*) によってのみそれと知られる。

このことはフランス語でしか起こりえない。フランス語では、点ひとつのiを含んだouiと、トレマないし二つの点を有したïを含んだouïとが、混乱をもたらしかねないバベル的な同音異義語〔同形異義語にも近い〕になっているのだ。他の言語には翻訳不能なこの同音異義語は、眼でもって読まれるよりもむしろ聴取される（つまり、伝え聞かれるouï-direされる）。眼でもって (*with the eyes*)、と言ったが、序でに指摘しておくと、*eyes* それ自体にも *yes* という書字素《グラフェーム》が含まれていて、それは聴取されるというよりもむしろ読み取られる。このように、イエスは『ユリシーズ』においては、話されると同時に書かれた徴しであり、書字素として発声され、音素《フォネーム》として筆記された徴しである。そう、ひとことで言うと「書字音声化《グラモフォネ》」されたウィなのだ。

という次第で、「ウィ・ディール」(ouï dire) は適切な題名であるように私には思えた。なにしろ、翻訳不能という点では十分だし、私がジョイスのウィについて言いたかったことを説明づけるだけの潜在能力をそなえているのだから。ラバテは電話で私に「ウィ」と言ってこの題名に同意してくれた。それからほとんど日を空けずに、一週間も経っていなかっただろうが、私はラバテのすばらしい著書を受け取った。『ジョイス　もうひとりの読者における著者の肖像』(*Joyce, portrait de l'auteur en autre lecteur*) という書物で、その第四章は「モリー——ウィ・ディール」(*Molly : oui-dire*)〔トレマつき〕と題されていた。まさにブルームの言う「奇妙な偶然的一致 (coincidence)」だ。「奇妙な偶然的一致さ、とミスター・ブルームがスティーヴンにそっと明かした」のは、例の船乗りが自分はすでにサイモン・ディーダラスを知っていると公言したときだったが、その少し後で、スティーヴンとの出会いを指して、ブルームは「出会いの偶然的一致」と言っている。そこで私は、ラバテがつけた題名との偶然的一致を記念し共同の記憶とする (commémorer)〔ハイデガーが『思惟とは何の謂か』等でいう Andenken をふまえた表現〕ために、この題名 (*oui-dire de Joyce*) を副題として維持する決心をした。当時の私は、同じ題名でも二人がまったく同じ話をすることはないと確信していたからだ。

しかし、これはジャン＝ミシェル・ラバテが証言してくれるだろうが、これまた偶然の出会い(私は自分の母を車にのせて走っていたが、ジャン＝ミシェル・ラバテを見かけて、私は車からパリの舗道に飛び降りたのだった) の経緯について、われわれは、この出会い、この偶然的一致

(coïncidence) は厳密なプログラムによっていわば「遠隔的に伝えられた・電話された」(télé-phoné) にちがいないと、やがて日本から帰国した後に話し合うことになった。この厳密なプログラムの必然性は、留守番電話に吹き込まれたかのようにあらかじめ記録されていたのだ、と。たとえこの必然性が実に多くの電話線を通過するとしても、この必然性は、中央交換局 (central) のごときものに集められて、われわれに作用を及ぼし、われわれの一方と他方を、一方によって他方を、一方から他方へと、他方に先立って一方をつき動かしたにちがいない、と。その際、両名の間に正当な帰属関係が設定されることはまったくない仕方で。とはいえ、書簡や電話の話はこれで終わるわけではない。ラバテは私の知らない人物に私の題名を電話で伝えた。このことは、専門家たちの中央センター (central) に、いかにもジョイス的な若干の歪曲、それもプログラミングされた歪曲を引き起こさずにはおかなかった。ある日、私はクラウス・ライヒェルトなる人物から、第九回ジェイムズ・ジョイス国際シンポジウムという頭書のある便箋で一通の手紙を受け取ったのだが、私はそこから次の一節だけを引用しておきたい。「私はあなたの「ルイ」(Lui) もしくは「ウィ」(Oui) とかいう人物をめぐる発表をとてもたのしみにしております。私の想像では、おそらくLouisと綴るのでしょうが。ところが、私の知る限り、Louisという名の人物はジョイスの作品のなかにはまだ見つかっておりません。ですから、どの角度から見ても、あなたの発表には期待できるように思われます。」

ラバテ、ライヒェルトと私のあいだには少なくともひとつの本質的相違がある。あなたがた全員と私自身とのあいだにも同様の相違があるのだが、それは能力・資格（compétence）の相違である。あなたがたはみな専門家で、最も特異なひとつの組織に属しておられる。この組織はある人物〔ジェイムズ・ジョイス〕の名前を冠しているが、彼は、この組織を不可欠なものたらしめると共に、あたかも再び「名をなす」ために新たなバベルの塔を造るかのように、この組織を数世紀にわたって機能させるために全力を尽くしたし、彼自身もそうしたと言っている。しかもその際、彼はこの機械を、彼の名前に、その特許や「パテント」のために奉仕する高性能な読解の機械、署名と連署（signature et contresignature）の機械であるかのように機能させたのだ。しかし、神がバベルの塔に対してそうしたように、彼は、このような組織をあらかじめ脱構築するために、それを原理そのものからしてありえないしありそうもないものたらしめるために、そして遂には、いずれ組織の礎となるかもしれない能力・資格という概念――それが知識（savoir）の能力・資格であれ技能（savoir-faire）の能力・資格であれ――それ自体をも蝕むために全力を尽くしたのだった。

この問い、すなわち、われわれ――すなわち、あなたがたと私、折り紙つきの能力・資格と折り紙つきの無能さ・無資格――はここで何を行っているかという問いに次に立ち返りたいと思うが、私はなおもしばらくは電話につながれたままで、ジャン＝ミシェル・ラバテとの多少なりとも遠隔感応的《テレパシー》なコミュニケーションはまだ中断されてはいない。

われわれはこれまで、数々の手紙（文字）や郵便葉書や電報やタイプライターなどを蒐集してきた。はっきりと思い起こすべきは、『フィネガンズ・ウェイク』がペンマンとポストマンとのこのうえもないバベル的異種混淆であるとしても、郵便的差延、遠隔操縦、遠隔通信の主題はすでに『ユリシーズ』でも力強く作動しているということだ。いつもそうであるように、このことは中心紋〔入れ子構造〕として再記入されたとさえ言えるのだ。たとえば「王冠をいただく者」という題の小篇にはこうある。「総合郵便局の玄関では、靴磨きたちが声を出しながらせっせと磨いていた。北王子通りには、国王陛下の朱色の郵便車が駐車していた。車体の両側には王家のイニシャル、E.R.がはいっていて、手紙や葉書や書簡や小包の大袋がそこにどさどさと投げ込まれていた。書留もあれば支払い済のものもある。市内便もあれば地方便もある。国内便もあれば国際便もある」(118)。テレビの遠隔操縦などで語られる「リモートコントロール」のこの技術は文脈の外的な要素ではなく、それは最も基礎的な意味の内部にまで作用している。それこそ、ほとんど最小のとさえ言える単語の言明と刻印、ウィの書字音声性《グラモフォニー》に至るまで。だからこそ、一枚の郵便葉書の、一通の手紙（ないしひとつの文字）の、一本の電報のさまよえる周航が電話的・遠隔音声的強迫(obsession téléphonique)の連続的な唸りのなかでのみその行き先から逸れてしまうのだ。電話的・遠隔音声的強迫と言ったが、みなさんが蓄音機や留守番電話のことを勘案なさるなら、遠隔書字音声的強迫と言ったほうがよいかもしれない。

　私がまちがっていなければ、『ユリシーズ』における最初の電話は、「まず彼に電話したほうがいいだろう」というブルームの言葉と共に鳴り響くのだが、この言葉は「そしてそれは過ぎ越しの祭りだった」と題された場面（124）に記されている。そのわずか前では、ブルームは、レコードのようにいささか機械的にある祈りを繰り返している。「聞けイスラエルよ（シェマア・イスラエル）、主なるわれらが神」という祈りだが、ユダヤ人にとっては最も重大な祈りで、機械的に繰り返されたり、録音されたものを再生したりしてはならないものなのだ。

　多少は正当性のあるやり方だろうが（なぜなら、ある部分を〔単語レヴェルの換喩ではなく〕叙述的換喩とみなしてそれを摘出することはまったく正当なこととも言えるし、まったく正当ならざることとも言えるからだ）、物語の最も明白な筋からこの祈りという要素を切り離すとすれば、その場合には、無限に隔たった神とイスラエルとのあいだの電話的・遠隔音声的な「シェマア・イスラエル」（「包皮収集家《コレクター》」からの、または「包皮収集家」への長距離電話、コレクト・コール）について語ることができるだろう。「シェマア・イスラエル」は、みなさんがご存じのように、イスラエルへの呼びかけであり、「聞けイスラエルよ」「もしもしイスラエルよ」というイスラエルの名前に宛てた呼び出しであり、「パーソナル・コール」（*a person-to-person call*）[2] である。

「まず彼に電話したほうがいいだろう」という場面は、『テレグラフ』（「テトラグラム」〔聖四文字」ではない）新聞社の社屋のなかで展開されていて、そこで、ブルームは立ち止まってタイプライター、というよりもむしろ植字機、活字の字母を眺めていたところなのだ（「彼は歩みを止めて、植字工が巧みに活字をならべるのを眺めた」）。彼はまず、パトリス・ディグナム（Patrice Dignam）——パトリスは父を意味する名詞〔パテール〕に由来する——という父の名を組み立てるための活字を右から左へと逆に〔mangiD ecirtaP と〕読んだ（「最初それを逆に読んだ」）ので、自分自身の父が同じ方向に、右から左へと〔ヘブライ語で〕アガダー〔タルムードの一部で寓話的な説教を表す〕を読んでくれたのを思い出した。この段落では、みなさんは、パトリスを中心として、父たち、ヤコブの十二人の息子たち等々の系列の全体を辿ることができるだろうが、そこでは、practice〔練習〕という語が二度登場して、このパトリス〔高貴な家系の首長〕的な、つまり「申し分のない」（*perfectly*）父たちの連繫〔連禱〕の始まりと終わりを画している（「彼はすばやくそれをやる。かなりの練習 practice がいるにちがいない。」さらに十二行下には、「なんて速く仕事をこなすんだろう。習うより慣れろ〔練習は完璧にする Practice makes perfect〕」とある）。そのすぐ後に「まず彼に電話したほうがいいだろう」がくるのだが、フランス語訳では「まずは電話のほうがいいだろう」（plutôt un coup de téléphone pour commencer）となっている。つまり、始めるためにはまさに電話をかけなければならない（un coup de téléphone, plutôt, pour commencer）、と。初めには、まさに何らかの電話があったのでなければならないのだ。

行為や言葉よりも先に、電話があったのだ。初めに電話ありき。電話のこの一撃（*coup*）〔一回、呼び出し〕は、一見すると恣意的だが意味深長な数字で作動しているのだが、われわれにはそうした電話の呼び出しがたえず鳴り響くのが聞こえる。電話の一撃はみずからのうちにウィを巻き込んでいて、そのウィへとわれわれはゆっくり戻ろうとしている。電話の一撃の周囲を廻りながら。電話でのウィにはいくつもの様態ないし音色がある。ところが、そのうちのひとつは、あるひとがそこ（*là*）にいて、電話口で耳を傾け、応答する用意はできているが、さしあたりは応答する用意があることのほかは何も応えない、そんなウィである（「アロ・ウィ」（allô, oui）〔はい、もしもし〕のウィがそうだが、これは「聞いていますよ」（j'écoute）〔何ですか〕と同義で、それを聞いて私は、あなたがそこにいて、私があなたと話す準備ができているこの時に、あなたも話す用意ができていると解する）。初めに電話ありき。そう、ウィが電話の始まりにあるのだ。

「シェマア・イスラエル」と、最初の電話の数頁後、「記念すべき戦いを思い出して」と題されたオハイオの忘れられない情景（オハイオから「会戦　東京発」まで、ある声がすごい速さで駆け抜けているのがみなさんにはよく聞こえるだろう）の直後で、ある電話的イエスが、宇宙の開闢を思わせる《Bingbang》〔ビョヨン〕という音と共に鳴り響く。ある有能な教授〔マクヒュー教授〕がこの場面に登場したばかりで、「オハイオでだ」、「わがオーハイオー」〔という編集長の言葉〕の後で、彼は「見事な長短長格だ。長、短、それにまた長だ」と言う。続く「風神《アイアロス》の竪琴よ」の冒頭では、教授が「デンタルフロス」(歯磨用綿糸)を口のなかで動かすと、そのために歯が震えて「ビヨヨン」という音が出る(私は今年、東京へ行く前にオクスフォードとオハイオに立ち寄り、イタケーという名の薬屋で「デンタルフロス」――つまり風神の竪琴――を購入した。こう言うとみなさんは信じないだろうが、恐縮ながらみなさんのほうが間違っておられる。これは本当の話で、それを確認することもできるのだから)。口のなかで、「共鳴しやすい磨いてない歯」が「デンタルフロス」の動きに合わせて振動するとき、《Bingbang bangbang》(ビヨヨン、ボヨヨン)という音が出る。その後、ブルームは電話を借りてもいいかとたずねる。「広告の件でちょっと電話したいのですが」、と。それに続いて、「電話がなかでぶるるん鳴った」。風神の竪琴は今度は「デンタルフロス」の糸ではなく電話であり、そのケーブルは余所へと延びて、エデンの園とつながっている「臍の緒」なのだ。「二八……いやにじゅう……四四、そう《イエス》」。最後のイエスは独白で、自分のなかの他人に同意しているのか(そうだ、この番号でいいんだ、という具合に)、それとも、電話がもうつながっていて電話の向こうの相手にすでに話しかけているのか、どちらとも判断がつかない。いや、そもそもそれを知ることは不可能だ。文脈が途切れていて、そこで場面が終わっているのだから。

しかし、次の場面(「勝ち馬を当てろ」)の末尾では、電話的イエスが再び『テレグラフ』社の同じ場所で鳴り響く。「はい《イエス》、こちらは『イヴニング・テレグラフ』です。ミスター・ブルームは奥の部屋から電話していた。社長は……？　ええ《イエス》、『テレグラフ』です。どちらへ……？　ああそうですか！　どの競売場ですか？……ああ！　なるほど……分かりました。こちらで捜してみます。」

何度も、電話〔の呼び出し音〕が「内的な」(*intérieur*) ものであることが記されている。電話をかけたくなったとき、「ミスター・ブルームは（…）奥の (*inner*) 部屋に向かった」。次に、「電話がなかで (*inside*) ぶるるん鳴っ」て、最後に「ミスター・ブルームが奥の (*inner*) 部屋から電話していた」とある。つまりは内面性としての電話なのだ。なぜなら、近代になって電話という名の装置が発明される以前から、電話的・遠隔音声的技術《テクネー》は、声のエクリチュールを何の道具も介さずに（とマラルメなら言うだろう）増殖させるという仕方ですでに声の内部で作動しているからだ。心のこの電話性、遠隔音響性（テレフォニー）は、遠さ、距離、差延 (différance)、間 - 化 (espacement) をフォネーのうちに刻印して、いわゆる独白を制定すると同時に、それを禁止し、かつ混乱させる。同時に、かつ一挙にそうなるのだ。それも、最初の電話が鳴り、このうえもなく単純な母音が発声されるだけで、「ウィ」「イエス」「アイ」(ay) という単音節の準 - 間投詞が発せられるだけでもうすでに、独白は制定されかつ禁じられ、混乱させられている。だとすれば、ましてや「ウィ、ウィ」の場合は言うまでもないだろう。言語行為論の理論家たちによって行為遂行文の範例として呈示され、不当にもその独白とみなされている部分の末尾でモリーが「はい、はい、そうします」(*Yes, Yes, I do*) と結婚に同意しながら繰り返しているところの「ウィ、ウィ」の場合は言うまでもないだろう。私が心の電話性・遠隔音響性、更には手淫について話すとき、私は暗黙のうちに次の箇所を引用していたのだ。「過去の数々の罪(さまざまな声が混じり合って)。彼はこれまでに少なくとも一人の女性と、黒い教会の陰で内々に結婚式を挙げた。また彼は電話ボックスの電話機に向かって自分自身を淫らに差し出しながら、ドリア・ストリートの某所に住むミス・ダンに心のなかで電話をかけ、口ではとても言えないようなメッセージを送った」(491-492)。

電話を介した間隔はなかでも「遠い声」と題された場面に過剰に書き込まれている。この場面はわれわれのネットワークのすべての糸——能力・資格という矛盾ならびに組織という矛盾——と絡み合っているのだが、この場面は教授という登場人物によって、そしてまた、反復(répétition)という語のあらゆる意味において、「イエス」の反復〔再三の要請〕によって表象される。それも、眼と耳(*eyes and ears*)のあいだでの「イエス」(yes)の反復によって。たったひとつの段落から、これらすべての電話線を引き出すことができるのだ。

「遠い声

——ぼくが出よう、と教授が歩きながら言った。

——もしもし? こちら『イヴニング・テレグラフ』……もしもし?……どなた?……うん《イエス》

……うん《イエス》……うん《イエス》……（…）。
教授が奥の部屋の戸口まで出て来た［再び inner である］。
――ブルームから電話だよ、と彼は言った」（137-138）。

ブルームから電話だよ（Bloom is at the telephone）。ブルームは－電話において・電話へ向けて－存在している（Bloom est-au-téléphone）。教授はこう表現することでおそらく物語のこの瞬間に固有の状況を規定しているのだろうが、彼はまたブルームの永続的本質を言い表してもいる。テクストの立体音響性《ステレオフォニー》のなかではつねにこういう具合なのだが、立体音響性は各々の言明にさまざまな起伏〔立体感〕を与えると共に、換喩的摘出〔テクストの一部分を抜き出して、テクストの全体もしくはより広い部分を表現させること〕をつねに可能にしている。このような摘出に、正当的〔嫡子的〕であると同時に不当な仕方で、正統的であると同時に傍系的〔私生児的〕な仕方で没頭しているジョイスの読者は私ひとりではないだろう。ブルームの永続的本質は、「彼から電話だよ」というこの特殊な範《パラダイム》例を通してそれを読み取ることができる。「いつも彼は電話口にいる」「彼は電話に属している」「彼は電話に縛りつけられていると同時に電話へと運命づけられている」といったふうに。ブルームの存在は「電話－内－存在」〔電話－への－存在〕（être-au-téléphone）なのだ。彼は多種多様な声ないし留守番電話につながれている。彼の現存在（être-là）は「電話－内－存在」であり、ハイデガーが現存在（*Dasein*）を死に向けられた存在として語ったのに倣えば、「電話－に臨む－存在」（être-pour-le téléphone）である。こんなことを言ったからといって、私は言葉を弄んでいるのではない。事実、ハイデガーのいう現存在もまた呼びかけられた存在なのだから。『存在と時間』がわれわれに語っているように、そしてまた、友人のサム・ウェーバーが私に気づかせてくれたように、ハイデガーのいう現存在はつねに、呼びかけ（l'Appel, *der Ruf*）、それも遠方から到来する呼びかけを通じてしか自分自身に達することがないのであって、かかる呼びかけは必ずしも言葉を経由するわけではなく、ある意味では何も語らない呼びかけなのである。私たちの分析はその細部に至るまで、「呼び声」を論じた『存在と時間』第五七節の全体にぴったり一致させることができるだろう。例えば、次のような言葉の周辺を見られたい。「呼びかけられる者こそこの現存在である。自己の存在可能（自己に先立って）へ向けて召喚され、挑発され、呼び出されているのだ。そして、現存在は呼びかけによって、『ひと』への頽落から、その外へと呼び出される……。」「本来性」（*Eigentlichkeit*）という隠語《ジャルゴン》〔『本来性の隠語』Jargon der Eigentlichkeit はアドルノの書物の題名〕の内部でであれ、それを超えてであれ、残念ながらこの分析を続ける時間はない。この大学〔フランクフルト大学〕は「本来性の隠語」に関して何らかの思い出を保持しているのだが。

「――ブルームから電話だよ、と彼は言った。

――地獄へ落ちろと言ってやれ、と編集長は即座に言った。Xはバークの酒場だったよな、たしか？」

ブルームは電話口にいて、ある強力なネットワークにつながれている。このネットワークについてはすぐ後で語ることにしたい。彼はその本質からして多元的電話構造に属している。ただし、彼が電話口にいるとは、彼が電話口で待っているという意味でもある。教授は「ブルームから電話だよ」と言い、私もすぐ後で「ジョイスから電話だよ」〔「ジョイスが電話口にいる」と言うつもりだが、こう言ったとき教授は、「ブルームは応答されるのを待っている」と言ったに等しい。ところが、編集長――編集長とはテクストの行方を、テクストの保存とその真実の行方を決定する者だが――は、応答することを潔しとせず、ここでは、ブルームを地獄へ、地の底へ、頽落のなかへ、検閲にひっかかった書物の地獄へと追いやるのだ。ブルームは、応答してもらうこと、「はい、もしもし」と言ってもらうことを待望している。彼は「ウィ、ウィ」と言われることを要求している。まずは線の向こうに別の声が、さもなければ留守番電話が存在することを告知するような電話的ウィを言ってもらうことを。書物の最後で、モリーが「ウィ、ウィ」と言うとき、彼女はある要求に応えている。ただし、それは彼女自身が要求した要求なのだが。彼女はベッドのなかでも電話に出ていて、電話で（というのも彼女は独りでいることになっているから）「ウィ、ウィ」と言ってくれと要求されることを要求し、待望している。彼女がそれを「眼で」〔彼に〕要求するとしても、彼女が電話口にいることが妨げられるわけではない。まったく逆なのだ。

「……あたしはやっぱり彼でもいいわと思った／そのときあたしは眼で頼んだの／もう一度イエ

スと言ってくれと彼があたしに頼むように／そしてそのとき彼は頼んだの／そう《イエス》／山に咲くぼくの花よ／イエスと言ってくれないかと／そしてあたしは腕を彼の首のまわりにまわしてから彼をぐっと胸に引き寄せたの／あたしの乳房の匂いを／そう《イエス》／たっぷり吸い込めるように／そして彼の心臓は狂ったように高鳴り／そう《イエス》／私は言った／ええそう《イエス》するわと、そう《イエス》。」
最後の〈イエス〉、最後の語、書物の終末語《エスカトロジー》は読むためだけに与えられる。というのも、耳では聞き分けることのできない大文字で書かれている点で、この〈イエス〉は他のイエスとは区別されるからだ。それと同様に、英語で眼（*eyes*）を表す語のなかに*yes*という文字が内蔵されていることも、単に眼に見えるだけで、聴取することのできないものにとどまっている。眼の言語なのである。

　われわれはイエスが何を言わんとするものなのかをいまだ知らないし、また、それがひとつの語であるとして、この小さな語が、言語のなかで、臆面もなく軽率に言語行為と呼ばれる数々の行為のなかでいかに作用するのかもいまだ知らない。われわれは、「イエス」という語が他の何らかの言語に属する何らかの語と共通点――それがいかなる共通点であれ――をもつのかどうかを知らないし、それどころか、それが「ノン」と共通点をもつのかどうかさえ知らない。「ノン」が「イエス」といわば左右対称の関係にないことはまちがいないのだが。イエスと記されたこの出来事を容れうるような文法的、意味論的、言語学的、修辞学的、哲学的概念が存在するのかどうかもわれわれには分からない。さしあたりはこの点は脇に置いておこう。そして、以上の点が分からなくとも、ウィが命じていることの聴取・理解の妨げには、あたかもならないかのように振る舞おう。もっとも、この「あたかも〜かのように」は単なる虚構ではないのだが。もし時間があれば、後でいくつかの困難な問題を提起することにしたい。

電話でのウィは、同じひとつの状況にあっても、いくつもの抑揚を帯びうるし、こうした抑揚の弁別的な性質は立体音声的長波に乗って相乗的に互いを高め合う。こうした抑揚が間投詞、すなわち、ほとんど機械的な信号にすぎないように見えることもありうる。この種の信号はたとえば、（「はい、もしもし……」のように）電話の向こうに対話者たる現存在が単にいることを示す間投詞だったり、あるいはまた、あたかも記録機械であるかのように、上司の命令を記憶にとどめる準備ができた秘書や部下の受け身の従順さを示す「はい、承知しました」(yes, sir) だったり、単なる事実確認としての応答にとどめる際の「はい、そうです」(yes, sir)、「いいえ、ちがいます」(no, sir) だったりする。

数ある例のうちのひとつを挙げてみよう。私は故意にある場面の周辺《パラージュ》からその例を選んだのだが、そこでは、タイプライターとH. E. L. Y' S〔ヒリーの店〕という呼称が、遠隔通信技術のいわば玄関の間《ま》（もしくはその前兆）に置かれたこの最新の家具、一種の蓄音機へとわれわれを向かわせると同時に、両者がこの蓄音機を予言者エリア〔ヒリーはエリーとも読める〕のネットワークにつなげる。次に引用するが、当然のことながら私は切り取り、取捨選択しながら、つまり物音を選り分けながら引用する。

「ミス・ダンはカペル・ストリートの図書館から借り出した『白い服の女』を引出しの奥深くにしまいこむと、派手な便箋を一枚タイプライターに挿んだ。

「この本は謎めいている。彼はあのひと、マリオンのことを愛しているのだろうか。これを返してマリー・セシル・ヘイの本を借りてこよう。

「レコードが勢いよく溝を滑り落ち、しばらく揺れてから静止し、彼らに色目をつかった。六番だ。

「ミス・ダンはかちかちとタイプを叩いた。

「——一九〇四年六月一六日［ほぼ八〇年前だ］。

「白いシルクハットをかぶった五人のサンドイッチマンの一行が、仕立屋モニペニー店の角と、かつてはウルフ・トーン〔一八世紀アイルランドの革命家〕の像が置かれていた土台石とのあいだで、うねうねと廻ってH. E. L. Y'Sの字を逆向きにして、いま来た道をとぼとぼ引き返して行った。(…)

「電話が彼女の耳元でけたたましく鳴った。

「——もしもし、はい、さようでございます (yes, sir)。いいえ、ちがいます (no, sir)。はい、そうです (yes, sir)。五時すぎに電話をおかけしておきます。あの二件だけです。ベルファースト宛とリヴァプール宛の。はい、承知しました。じゃあ、こちらにお戻りにならないのでしたら、六時すぎに帰らせていただきますが。十五分すぎに。はい、そうです (yes, sir)。二七シリングと六ペンス。あの方にはそうお伝えします。はい (yes)、一、七、六〔一ポンドは二〇シリング〕」。

「彼女は三つの数字を一枚の封筒に走り書きした。

「――あっ、もしもし！　ミスター・ボイラン！　『スポーツ』社の方がお会いしたがっていました。はい (yes)、ミスター・レネハンです。四時にオーモンド・ホテルにおいでになるとの話でした。いいえ、ちがいます (no, sir)。はい、そうです (yes, sir)。あの方々には五時すぎに電話をかけておきます」(228-229)。

（1）　その後、この会議の翌週に、私は友人でもあるひとりの男子学生とトロントで会った。彼は私のとはちがう計算法があることを教えてくれた。この計算法によると、私が出した数字をはるかに上回る。それはたぶん *ay* という語もすべて勘定に入れたからだろう。序でに指摘しておくと、この *ay* という語は、「私」を意味するIという語と同じく「アイ」と発音され、そのため、ある問題を提起しているのだが、この問題については後で取り上げることにしたい。わたしのとは異なる計算方法というのはノエル・リリー・フィッチのもので、『シルヴィア・ビーチと失われた世代――二〇年代と三〇年代における文学都市パリの歴史』(Noel Riley Fitch: *Sylvia Beach and the Lost Generation, A History of Literary Paris in the Twenties & Thirties*, New York, London, 1983) のなかで示されている。次にこの書物のある段落全体を引用しておくが、それは、この段落が私にとって、イエスの算術の域を超えた重要性をもっているからである。「ジョイスとのある協議は、ブノワ＝メシャンが訳した『ユリシーズ』末尾の《and his heart was going like mad and yes I said Yes I will》という言葉に係わるものだった。この若者〔ブノワ＝メシャン〕は《I will》に続く最後の《yes》で『ユリシーズ』を締め括りたかった。最初、ジョイスは最後の言葉として《yes》（この語は小説のなかで三五四回登場する）を使おうと考えていたのだが、草稿には最後の部分に《I will》と書かれていて、それをブノワ＝メシャンが翻訳している途中だったのだ。その後、丸一日に及ぶ議論がたたかわされたが、世界中の偉大な哲学者たちを持ち込んでの議論となった。ブノワ＝メシャンは、フランス語の《*oui*》は英語の《yes》よりも断固たるものだが耳に柔らかいと主張したが、次のような哲学議論においては彼のほうが説得力があった。《I will》は厳然たる調子で魔王の言葉のように傲慢に聞こえる。それに対して、彼の主張では、《yes》はというと楽観的で、自分の殻を破って世界を肯定している。ジョイスは、議論の早い段階ですでに考えを変えていたのかもしれないが、数時間後にようやく、「然り」、君は正しい、本は「言語のなかで最も肯定的な語」で終わらせようと言った。」(pp. 109–110)

（2）他の場所、淫売宿では、「聞け、イスラエル」と口にするのは割礼を施された者たち〔ユダヤ人たち〕であって、そこにも死の湖、死海が登場する。「割礼を受けた者たち　彼らは喉から絞り出すような陰気な声で聖歌を歌い、花ではなく死海の果実〔別名ソドムの林檎。外見は美しいが中身は灰であるという伝説の果実〕をブルームの上にふりまく。聞け、イスラエルよ、われらが神、主はただひとりの主である。」(496)

われわれはユリシーズについて、死海と蓄音機について、もっと先では笑いについて語っているのだが、ここに『見いだされた時』の一節がある。「笑いがやんだ。私はその声を友達のものだと思いたかった。でも、まるで、『オデュッセイア』のなかで、死んだ母の幻にとりすがるユリシーズのように、霊にみずから名乗ってもらおうと空しく祈る降霊者のように、蓄音機からまったく変わりなく再生される声を聞きながら、それでも、この声がひとの吹き込んだ声であることを信じられない電気博覧会の見物人のように、私はその声を、友達のものだと思おうとする努力をやめてしまった。」少し前にはこうある。「この声は精巧な蓄音機から発せられているように思えた。」（*Pléiade*, t. III, pp. 941-942）数ある伝記のひとつはこう言っている。「ジョイスより少し前の世代の人々——ポール・ヴァレリー、ポール・クローデル、マルセル・プルースト、アンドレ・ジッド（全員一八七〇年ころに生まれている）——はみな、ジョイスの作品には無関心であるか、敵意を抱いているかのどちらかだった。ヴァレリーとプルーストは無関心だった。（…）ジョイスはプルーストと一度だけしか会っていない。それも、ごくわずかな時間しか。プルーストは『ユリシーズ』の出版後数カ月で逝去することになる。」（Noel Riley Fitch, *op. cit*, p. 95）「……出会いの偶然的一致……出来事の天の川……」であろうか。

3

ウィの反復は機械的で隷属的な形式をまとうことがありうるし、しばしば女性をその主人に従わせたりもする。しかし、これは偶然ではない。たとえ、特異な他者としての他者へのどんな応答もがこうした隷属を免れるはずだと思えるとしても。肯定、賛同、承諾、契約、約束、署名、贈与のウィは、それがその名に値するものであるためには、自分自身のうちに反復を孕んでいなければならない。ウィはただちに、そしてア・プリオリに、みずからの約束を確証するとともにみずからの確証を約束しなければならない。このように反復はウィにとって本質的で、その反復はみずからに内在する脅威によって、内的電話（téléphone intérieur）によって取り憑かれているのだが、内的電話は、反復の模倣的‐機械的亡霊〔分身〕のように、反復の不断のパロディのように、この反復に寄生しているのである。

どうしようもないこの運命には後で立ち戻ることにしたい。ただ、最も活き活きとした声のなかにさえエクリチュールを刻印するこの書字音声性《グラモフォニー》については、われわれはすでにそれを耳にしている。書字音声性は、たとえこの声を確証する男や女が志向的にまったく現前していないとしても、この声をア・プリオリに再生する。たしかに、このような書字音声性は再生の夢に応えるものだ。最も活き活きとした声のうちにも記録された、生きたウィを、己が真理として保存しようとする再生の夢に。しかし、まさにそれによって、書字音声性はウィをパロディや単なる技術たらしめる可能性を生み出してしまう。そしてこの技術が、最も自発的で最も惜しみないウィへの欲望を迫害することになるのだ。だからウィは、それ本来の使命に応えるためには、そのつどただちに確証されるのでなければならない。それが署名を伴った約束の条件である。ウィが自分自身を語りうるのは〔ウィがウィと言いうるのは〕、それが自分自身〔ウィ〕を記憶にとどめると約束する場合を措いてほかにない。ウィの肯定は記憶の肯定なのだ。その声を再び聞かせるためには、ウィは保存され、繰り返され、その声を記録するのでなければならない。

これは私が蓄音機《グラモフォン》の効果と呼ぶものである。ウィはア・プリオリに書字音声化《グラモフォネ》され、遠隔的書《テレグラ》字音声化《モフォネ》されるのだ。

ウィを記憶しようとする欲望ならびにウィの喪失を嘆く喪（deuil）は、記憶回復の機械を作動させる。記憶過剰に至るこの機械のオーヴァーヒートをも。この機械は生身のものを再生し、その自動機械をもって生身のものを二重化する。そのために私が選んだ例は、二重の隣接性を有している点で格別な例である。記憶したいという欲望――欲望したことの記憶ならびに記憶したいという欲望としての欲望――を語る場面のなかで、「ウィ」という語が、「声」という語と「蓄音機」という語のそれぞれと隣り合っているのだ。場面は「ハデス」、墓地、午前一一時頃、「心臓」（ここでもまたハイデガーなら、保存せんとする記憶と真理の場所と言うだろう）の時であり、「心臓」はここでは「聖なる心臓」〔キリストの心臓、聖心《みごころ》〕（Sacré-Cœur）である。

「キリストの心臓だな、あれは。心臓を見せている、包み隠さず。（…）なんという数だろう！ここに眠っている者たちがみなかつてはダブリンを歩き回っていたんだから。信仰あつい死者たち。われらもかつて現在の汝らのごとくであった。

「それに、一人ひとりを覚えていることなんてできやしない。眼、歩き方、声（voice）。そうだな、声ならできる（yes）。蓄音機（gramophone）で。どの墓にも蓄音機を入れるか、どの家庭にも蓄音機を据える。日曜日の夕食後。曾じいさんのをかけてみよう。ガリガリガリ！　もしもしワシはまたみんなにガリガリ会えてものすごくもしもしうれしいものすごくうれしシュルシュルシュルシュ。こうすると声を思い出す。写真を見て顔を思い出すように。写真がなければ、せいぜい一五年もしたら顔を忘れてしまうからな。たとえば誰の？　たとえば、ほら、おれがウィズダム・ヒーリーの店にいたころ死んだ奴の顔」（115–116）。

（ジェイムズ・ジョイスのお孫さんが今・ここに、この会場にいらっしゃるそうだ。もちろんこの引用は彼に捧げられるべきものである。）

いかなる権利をもって、『ユリシーズ』からある引用箇所を摘出したり、それを途中で切ったりできるのだろうか。これはつねに正当であり、かつ不当でもあって、私生児として認知される〔嫡出子とみなされる〕ような所業なのだ。私は、ブルームの昔の雇い主たるヒーリーの店に連なる数々の糸を、あらゆる種類の系譜学をつうじて辿ることができるだろう。ことの正否はともかく、ここで私は、ヒーリーという名をエリーという予言者の名に結びつけるのがより効率的であると判断する。エリーは何度も到来する。というより、エリーの到来〔過ぎ越し〕は定期的に約束されている。私は「エリー」とフランス語で発音しているが、英語の「エリヤ」(Elijah) のうちに、みなさんはモリーの「はい《ヤー》」(*Ja*) を聞き取ることができる。もっとも、モリーが、たえず「ウィ」と言い続けている (*stets bejaht* ――ジョイスはゲーテの言葉〔ゲーテの描くメフィストフェレスは否定の精神を体現しており、ジョイスはこの精神を『ユリシーズ』の登場人物バック・マリガンに授けたと言われている〕を逆転させつつこの語を喚起している) 肉体 (この肉体 chair という語を銘記されたい) に声を与えているとして〔モリーが声に出してウィと言っているとして〕、だが。エリヤに言及したが、私としては次のような声へと探究を進めていくつもりはない。「エリヤよ! エリヤよ! と呼ぶ天からの声があった。彼は力の限り応えた。父よ!、アドナイよ!、と。彼らは〈彼〉を、まさに〈彼〉を、天使の群れのなかにいるブルームの子《ベン》エリヤを見た……。」(343)

このような声へ向けてではなく、反復へ向けて、淫売宿での「エリヤの再臨」(473) と呼ばれているものへと私は直行する。そこに〈蓄音機〉が出てくるのだが、こう言ってよければ蓄音機という登場人物とその声は、「エルサレム！　汝の門を開きて歌え／ホサナ……」と叫ぶ。「世界の終わり」の近くでのエリヤの再来。エリヤの声は中央電話局か貨物操作場において響く。通信、輸送、転移、翻訳のあらゆるネットワークがエリヤを経由する。多元的電話性・遠隔音声性《ポリテレフォニー》はエリヤの予言的書字音声性《プログラモフォニー》を経由するのだ。それをどう解釈できるにせよ、忘れてはならないのは、モリーが想起しているように、ブルームの子エリヤがその雇い主のヒーリーのもとを解雇されたということだ。そのとき、ブルームは大金持ちの家でモリーを売春させたり、裸でポーズをとらせたりすることを夢想したのだった。

エリヤ、それは声であり、声のもつれでしかない。その声は言う、「この通信網に属する電話は私がすべて取り仕切っておる」(C'est moi qui opère tous les téléphones de ce réseau-là)、と。これはジョイスによって認知されたフランス語訳で、原文では、Say, I am operating all this trunk line〔よろしいか、私はこの本線全体を取り仕切っている〕となっている。「よろしいか、私はこの本線全体を取り仕切っている。諸君、今すぐやりたまえ。神の時間は一二時二五分だ。お母さんに、そっちへ行くと言うがいい。急いで申し込みたまえ、それがうまいやり方というものだ。この場ですぐに参加したまえ！　永遠の命の連絡駅までノン・ストップの通し切符を予約したまえ。」私としては、ここにいう「予約」(*book, booking*) がフランス語では *louer*〔称賛を意味する同形・同音意義語が存在する〕であるという事実にこだわりたい。*louer* しなければならない。つまり、エリヤのもとに自分の座席を予約しなければならず、エリヤを称え（louer）、エリヤに賛辞を呈さなければならない。このような称賛の予約（location de cette louange）は書物（*book*）以外のものではなく、書物は、交通機関の中枢として、そしてまた、あらかじめ書き込まれた文字や音声を遠隔的に伝達する（téléprogramophonique）中央電話局として、「永遠の命の連絡駅」の代わりをするのだ。「もうひとこと言わせてもらおう」とエリヤは言葉を続け、そこで、キリストの再臨を想起させて問う。諸君はみなその覚悟ができているだろうか、フロリー・キリストよ、スティーヴン・キリストよ、ゾーイ・キリストよ、ブルーム・キリストよ、などと。「諸君はみなこの振動〔おののき〕（vibration）のなかにいるのか？　まさに然り」――「まさに然り」（I say you are）を、フランス語訳は Moi je dis que oui〔私はそうだと言う〕と訳している。間違ってはいないが問題のある訳で、この点については後でもう一度語らなければならないだろう。さて、「ウィと」言う者の声、エリヤは、振動（この語は私の眼にはきわめて重要なものと映る）のなかにいる者たちに向けて、いつでも自分を呼び出すことができると語っている。じかに、瞬間的に、通信技術や郵便を経由することなく、太陽の道を通って、太陽ケーブルと太陽光線を通して、太陽の声を通して、こう言ってよければ光線電話なり太陽電話（héliophone）を通して。実際、エリヤは「sunphone で」と言っている。「わかったかね？　そのとおり。いつでも太陽電話をかけてきたまえ。酒飲みどもは切手を使わずに取っておくことだ」、と。ということは、私に手紙を書くな、切手を節約せよ、モリーの父親のように諸君も切手を蒐集できる、ということになる。

われわれはようやくここまで辿り着いた。こんなに時間がかかったのは、私が自分の旅——周遊旅行（*round trip*）——の経験と何本かの電話のことをみなさんに話してきたからだ。こうした話を私がしたのは、まじめなことがらを話す時を先送りするためであり、また、私が怖じ気づいているからだ。ジョイスに係わる事象の専門家たちが集う共同体ほど私を怖じ気づかせるものは何もない。なぜか。私はみなさんにまずそのことを語りたかったのだ。権威と威嚇についてみなさんに語りたかったのだ。

これから読み上げる部分を、私はオクスフォードとオハイオに向かう飛行機のなかで書き記した。東京へ旅立つ直前のことだった。そのとき私は、みなさんの前で、ジョイスに係わる能力・資格や正当性や制度といったものをめぐる問いを提起しようと決心した。いったい誰がジョイスについて話し、ジョイスについて書くための公然たる権利を有しているのか。そして、誰がそれを見事に行使するのか。この場合、能力や行為遂行《パフォーマンス》の本義はいかなるものなのか。

私はみなさんの前で話すことを引き受けた。世界でも最もひとを怖じ気づかせる集団を前にして。これほどにも博学な作品についてのこのうえもない知識の集中を前にして、だが、私はまず自分に対して払われた敬意に敏感になった。そして私は、どのような点で、自分が少しでもこの敬意にふさわしい人物であると思っていただけたのかを考えた。ここで、この問いに答えようとは思わない。けれども、みなさんが知っているように、私は自分がこの巨大で圧倒的な家族《ファミーユ》に所属していないのを知っている。協会《ファウンデーション》とか研究所といった語よりも家族という語のほうを私は好む。ジョイスの名においてウィと答える誰か、そう、ジョイスの名の保証人となる誰かは、ひとつの制度の未来を、固有名と署名、署名された固有名の特異な冒険に結びつけることに成功したわけだ。署名された固有名と言ったのは、自分の固有名を書くだけでは、いまだ署名することにはならないからだ。みなさんが東京行きの飛行機に乗っていて、搭乗カードに自分の名を署名したとしよう。東京についたら、それは回収されるのだが、それではみなさんはまだ署名したことにはならない。みなさんが署名したことになるのは、カードや書物の末尾よりもむしろ任意の場所に改めて自分の名を刻印する、そのような身振りがウィの意味をまというるときである。「ウィ、これは私の名です、私はそれを証明します」、「ウィ、ウィ、私は今もそれを証明できるでしょうし、約束するが、署名したのがまさに自分だということをすぐに思い出せるだろう」、と。署名とはつねに「ウィ、ウィ」であり、どんな誓いの条件でもある記憶と約束とを総合する遂行的発語なのだ。後で、どんな言説にも不可欠なこの出発点に、円環を描くかたちで立ち戻ることにしたい。ここにいう円環とはウィの円環であり、「かくあれかし」(アーメン amen) の円環であり、イーメン hymen〔婚姻、処女膜〕の円環である。

私は自分がみなさんから頂戴した名誉にふさわしい人物だとは感じなかった。それにはほど遠かったのだが、それでも私は、他のすべての家族を、認知するにせよしないにせよその私生児的な秘密の話をも含めてまとめようとするこの強大な家族に参加したいという漠たる欲望を煽らざるをえなかった。私がお引き受けしたのは、かくも寛大に差し出された嫡出の認知のなかに、いくばくかの意地悪な挑戦が混じっているのではないかと思ったからである。

私よりもみなさんのほうがよくご存じだろうが、家族の一員としての認知をめぐる懸念は『フィネガンズ・ウェイク』と同様に『ユリシーズ』をもおののかせ、振動させている。さきほどの飛行機のなかで、私は挑戦や罠に思いをはせていた。というのも、私はこう考えたからだ。私はそれぞれの著作のなかで、ジョイスに言及したり引用したりしているので、ジョイスとの何らかの共犯性の徴しがそこにあるかに見えるが、ジョイスと長くつきあってきたお蔭で明晰さと経験を備えたみなさんのような専門家たちこそ、誰よりも鋭く、それが見かけだけのことで、いかに私がジョイスと無縁であるのか、もしかすると私はジョイスを知らないのではないかということを見抜いているにちがいない、と。無能力・無資格、を彼らは見抜いているのだが、無能力・無資格は私とこの作品との関係をめぐる深遠な真理である。結局のところ、私はこの作品を間接的にしか知らないのだから。伝聞《ウィ・ディール》や噂によって、「〜らしい」によって、他人たちの註解を介して、いつも部分的なものにとどまる読解を通じてしか、私はこの作品を知らないのである。私は更にこう思った。専門家たちにとっては、今回は私のペテンの皮を剝ぐよい機会なのだ、と。大規模なシンポジウムの冒頭での発表以上に、真実を暴き出し、それを糾弾するのに好都合な機会があるだろうか。

そこで私は、このような仮説、というか、限りなく確信に近いものからわが身を護るためにこう考えた。しかし、ジョイスの場合、能力・資格とはつまるところ何なのか。ジョイスに関する組織や家族とは何でありうるのか、ジョイスに関するインターナショナルとは何でありうるのか、と。どの程度ジョイスの近代性《モデルニテ》について語れるかは私には分からないが、郵便や予言的書字《プログラモ》音声的《フォニック》テクノロジー以外にも、もしそのようなものがあるとするなら、ジョイスの近代性は次の点に由来する。すなわち、数世紀にわたる大学人たちの世代の仕事として、バベルの塔の建設を公然と託した企画それ自体が、過去の世紀にはありえなかったようなテクノロジーと大学での分業のモデルに則らざるをえなかったという点に。読者と作家との広大無辺な共同体をみずからの支配下に置こうとする計画や、これらの共同体を翻訳と伝承との終わりなき伝達連鎖によってつなぎとめようとする計画だけなら、プラトンにもシェイクスピアにも、ダンテにもヴィーコにも見いだすことができる。ヘーゲルやその他の神のごとき人々については言うまでもあるまい。けれども、そのうちの誰一人として、ジョイスほど巧みには、自分の試み〔打撃〕を、世界的な研究組織のいくつかの類型に即して計算することはできなかった。モリーの言うように（「私は自分宛の小切手を彼への罰金のつもりで切ることができたわ／そこに彼の名を書いてね」(702)、ジョイス自身はみなさんにもれなく彼の名で署名することを許容しているにもかかわらず、こうした世界的な研究組織は、ジョイスの名において集積された知の利子の加速度的な資本蓄積、その狂乱的蓄積を約束する移動と通信と組織的プログラミングの数々の手段を利用するのみならず、私がたった今列挙した――ホメーロスのことを忘れていたが――偉大な先人たち全員にとっても未曾有なデータの記録保存と閲覧の数々の方法をも利用する構えでいる。

　私が怖じ気づいた理由はそこにある。つまり、ジョイスの専門家たちとは、ジョイス自身の署名を記念しつつ、存在‐論理‐百科全書的領野での探究の全体を数世紀かけてプログラムしようとする最も強力な企図の代表者であると同時にその所産なのである。「ジョイス学者」(*Joyce scholar*) は法的には、全体《ウニヴェルシタス》の百科全書的・円環的領野における、数々の能力・資格の全体を自由に操ることができる。彼は記憶の全体を内蔵したコンピュータを使いこなし、文化の記録全体――とは言わないまでも、少なくとも、いわゆる西欧文化の全体ならびに、この文化のなかにあって、百科全書のユリシーズ的円環に即して自己回帰するもの――と戯れる。だからこそ、極東のある首都の幻を起点として、そこから、ジョイスのうちでではなく、ジョイスについて〔を超えて〕書くことを少なくともつねに夢想することができるのだ。もっとも私の場合は、そんなことができるなどと思い上がっているわけではないが。

　このようにあらかじめプログラムすることの数々の効果については、私よりもみなさんのほうがよくご存じだろう。これらの効果は称賛すべきものだが、ぞっとするような代物でもある。時には耐えがたい暴力を伴ってもいる。これらの効果のうちのひとつは次のような形式をまとう。すなわち、ジョイスという主題（主体、患者、元木）に関しては、何も新しいものを造り出すことはできないのだ。たとえば『ユリシーズ』について言えることはすべて、『ユリシーズ』のなかであらかじめ予告されているのであって、すでに見たように、そこには、学者的能力をめぐる場面やメタ言説なるものの能天気な無邪気さも含まれている。われわれはこうした網に捕らわれているのだ。行動の主導権を握るためのちょっとした身振りでさえ、そのすべてが、潜在性を過剰に秘めたテクストのうちですでに予告されているのであって、このテクストは、しかるべき時がくるなら、みなさんが、言語の、筆記の、知識の、さらには叙述の網状組織に囚われていることを、みなさんに思い起こさせることだろう。このことこそ、東京での絵葉書やオハイオへの旅やラバテとの電話など、さまざまな話をみなさんにすることで、私が先に証明したかったことである。もっとも、これらの話はどれも本当の話なのだが。われわれが検証したのは、これらのことすべてが『ユリシーズ』のなかにその叙述的範例を有しており、そのなかですでに物語られているということだ。私に起こったすべてのことは、そこから私が造り上げようとした物語に至るまで、『ユリシーズ』の特異な一日のなかであらかじめ語られ、あらかじめ物語られており、一連の知識と叙述のなかであらかじめ定められている。つまり、『フィネガンズ・ウェイク』については何も言わないとしても、これらのことはすべて『ユリシーズ』の内部で、この記憶過剰の機械によってあらかじめ語られてしまっているのだ。この機械は西欧の記憶をもって、潜在的には世界のすべての言語を、それも未来の痕跡に至るまで、一編の広大無辺な叙事詩のなかに貯蔵することができるのだ。そう《ウィ》、すべては『ユリシーズ』と同時にすでにわれわれに起こったのであり、あらかじめジョイスと署名されているのである。

残る課題は、こうした条件のもとでこのジョイスという署名に何が起こるかを知ることである。これは私が抱いている数々の問いのひとつである。

このような状況は驚天動地の状況だが、これはウィの逆説に起因する。ところで、ウィをめぐる問いはつねにドクサ〔臆見〕をめぐる問いに帰着する。臆見ないし意見のなかで同意するところのものに。そこでまさに次のような逆説が生じる。つまり、このような署名の業が、最も有能で最も効率のよい生産と再生産の機械を作動させるとき、他の者たちならきっと署名の業がこの機械をみずからに服従させるときと言うだろうが、いずれにしても、署名の業がみずからのためにこの機械を再始動させて、それを自分のものにしようとするとき、署名の業は同時にこの機械の原型それ自体を崩壊させてしまう。少なくとも、それを崩壊の危機に陥れるのだ。ジョイスは近代の大学を当てにしてはいたが、自分の死後に再び自分を取り戻すことができるかどうかと、彼は近代の大学に挑戦状をつきつけている。ジョイスは近代の大学の本質的限界を徴しづけたのである。結局のところ、ジョイスに関する能力・資格などというものは、能力・資格という概念の確実で厳密な意味からしても、それに付着した評価や認知の基準からしてもありえない。ジョイスに係わる協会も家族もありえない。ジョイスに係わる合法性ないし嫡出性もありえない。この状況はウィの逆説もしくは署名の構造といかなる関係を有するのか。

能力・資格なるものの古典的概念は、知識（知るという行為ならびにその姿勢）を、扱われている出来事から、書かれるか話されるかする徴《マルク》しの曖昧さ、つまりは書字音声性の曖昧さから截然と分離できるということを前提としている。専門的能力はメタ言説が可能であることを前提としている。それがテクストの構造をもつにせよもたないにせよ、ある客観的領野について、中立的で一義的なメタ言説があることを。このような専門的能力によって司られた数々の行為遂行は、原則として、ある資料体《コルプス》〔身体〕を隈なく翻訳することに適しているにちがいない。もっとも、この資料体はそれ自体で翻訳可能なものとみなされているのだが。これらの行為遂行の本義は、何にもまして、叙述的な型に属するものであってはならない。大学では歴史が物語られることはない。原則としてそうなのだ。歴史を学んだり、知識を得たり説明したりするために何かが物語られたり、数々の叙述や叙事詩に関して話がなされることはあろうが、大学では、出来事と歴史が制度化可能な知識として生起してはならないのだ。ところが、ジョイスと署名された出来事によって、ある二重拘束《ダブル・バインド》が生まれる、とは言わないまでも、少なくとも顕在化される（なぜなら、バベルやホメーロスやその他の者たち以来、この二重拘束はわれわれを捕らえてきたからだ）。一方では、書かなければならないし、署名しなければならない。新たな出来事を翻訳不能な徴しへと到来させねばならないのだが、――それは狂おしい呼びかけであり、他人にウィを要求する署名の苦悩であり、連署してくれるよう懇願する命令である。しかし他方では、まったく他なるウィ、まったく他なる署名の特異な新しさといえども、すでにジョイスという資料体〔身体〕のなかでプログラムされ、あらかじめ書字音声化されているのだ。

このような二重拘束がつきつける挑戦の効果を、私は自分自身のうちに確かに感じ取る。永遠に私生児でしかないにもかかわらず、ジョイスの代理人たちの家族に属することができるかもしれないという欲望を自分が恐る恐る抱いていることのうちに。しかし、それだけではない。私は二重拘束の挑戦の効果をみなさんのうちにも感じ取る。

一方ではみなさんは、大学が扱っているものすべて（諸科学、諸技術、諸宗教、諸哲学、諸文学、そしてこれらすべてと同じ拡がりをもつものとして、諸言語）を潜在的に内包した資料体に見合った超-専門的能力を保持しているか、それとも、この超-能力・資格を形成する途上にあるとの合法的・嫡子的な確信を有している。この過剰な能力・資格については、それを超越するものは何もない。すべてが内部にある。心の電話なのだが、すべてがこの予言書字遠隔音声的な百科全書・円環の家庭的囲い込みのうちに統合されうるのである。

しかし他方では、それと同時に心得ておかなければならないことがある。もっとも、みなさんはそのことをご存じなのだが、みなさんの関心を占めている署名とウィは先述の能力・資格、合法性・嫡子性、その家庭的囲い込みの根それ自体を破壊できるのであって、それが署名とウィの使命なのである。署名とウィは大学という制度を解体し、大学内部の仕切りや学部間の仕切りを解体し、さらには、大学外の世界と大学との接触をも解体しうるのである。

「ジョイス学者」たちのうちに時に感じ取ることのできる、確信と苦悩とのあの混在はここから来ている。一方では彼らは、ジョイスと同じように、ユリシーズと同じくらい策略に長けた者として、自分たちがあの手この手を心得ている〔袋のなかにひとつならざる芸《トウール》のネタを有している〕のを自覚している。包括的な回収であろうと、原子以下のレヴェルでの微小物研究（私はそれを「文字の分割可能性」と呼ぶ）であろうと、すべては、それ以上望めないほどに、資料体《コルプス》の「これは私の身体である」（ceci est mon corps）のうちにそれを統合することができるのだ。しかし他方では、過剰記憶によるこの内面化は決して自閉したものではありえない。資料体や企画や署名の構造に由来する数々の理由で、真理や合法性・嫡子性についてはそのいかなる原理をも確信することはできない。そのため、みなさんはこんな感情も抱くことになる。何か新しいものが内部から出来してみなさんを驚かすことなど決してないはずなのに、何かが予見不能な外部から遂にみなさんに到来するかもしれないとの感情を。

だから、みなさんは何人もの来賓《アンヴィテ》〔予見不能な外部から内部へと招かれた者〕をお呼びになったのだ。

4

みなさんはエリヤの到来《パサージュ》〔過ぎ越し〕もしくはその再臨を待望しておられる。善良なユダヤ人家庭でのように、みなさんはエリヤのための膳をいつも欠かすことがない。たとえその到来が『ユリシーズ』のなかですでに書字音声化されているとしても、エリヤをなおも待望しながら、みなさんは、著述家や哲学者や精神分析家や言語学者など、外部の専門家たちを承認する心構えができている。それも、私が思うにさしたる幻想を抱くことなく。みなさんは彼らに自分たちのシンポジウムの開会を依頼しさえする。そして、たとえば「今日、フランクフルトで何が起こっているのか」といった問いを提起してくれとも依頼する。ジョイスに係わる国際的学会、世界市民的《コスモポリタン》ではあるが実にアメリカ的な「一九六七年ブルームの日創設のジェイムズ・ジョイス協会《ファウンデーション》」——その会長は大多数を占めるアメリカ人会員の代表で、オハイオ（またしてもオハイオだ！）に住んでいる——はこの都市で、書籍市と現代の有名な哲学学派の中心地でもあるようなこの現代のバベルのなかで、協会の構築を続けている。みなさんが私のような専門家ならざる者に、あるいはまた、いわゆる外部の専門家たちに、そんなものは存在しないと分かっていながら声をかけるのは、彼らを辱めるためであると同時に、みなさんが、招かれた者たちから単に新たな音信を、善き音信〔福音〕を待望しているだけではないからだろう。このような音信は遂に、悪夢を見ているときの幻覚者たちのように過剰記憶の内面性のうちで堂々巡りすることからみなさんを解放するだろうが、それのみならず、逆説的にも、みなさんは招かれた者たちに、自分たちの正当性ないし嫡子性を認めてもらいたいと期待しているのではなかろうか。なぜかというと、みなさんは、自分たちの権利、さらには自分たちの実践や方法や様式の共通性や同質性についてさえも、過度の確信を抱くと同時に過度の疑心暗鬼に陥っているからだ。みなさんは、みなさんのあいだでの最小限の合意、最小限の公理的協約さえ当てにすることができない。結局のところ、みなさんは実在しておらず、みなさんは協会の礎（fondation）として実在するのに十分な根拠を有して（fondé）はいない。これこそ、ジョイスの署名がみなさんをしてこの署名のうちに読み取らせようとしていることなのだ。みなさんは余所者たちを呼んでは、私がみなさんの招聘に応じてそうしたように、彼らをしてみなさんにこう言わせようとする。「みなさんは実在しており、みなさんは私を怖じ気づかせている。私はみなさんを承認するし、父のようで祖父のようなみなさんの権威を承認している。ですから、私を承認してください。ジョイス研究の修了証を私にくださいい」、と。

もちろんみなさんは、私が今このときみなさんに話していることを一言も信じてはいないだろう。それに私が、自分の名もエリー〔エリヤ〕であるなどとみなさんに言うなら、たとえそれが本当だとしても、そう《ウィ》、それは本当のことなのだが、たとえそうだとしても、私の言うことを信じないだろう。この名は戸籍には記載されていないが、私が生まれて七日目に私に授けられたものだ。エリーはまた、あらゆる割礼に立ち会う予言者の名でもある。こう言ってよければ、割礼の守護者なのだ。割礼が施されるあいだ、生まれたばかりの男の子を抱えて座る椅子は「エリヤの椅子」と呼ばれる。この名を、ジョイス研究のすべての「講座」、みなさんの協会によって組織されたすべての「パネルディスカッション」や「ワークショップ」にも与えなければならないだろう。こんなふうに考えていたものだから、私は、この講演の題名を「東京の絵葉書」よりもむしろ、「一周航海と割礼〔環状の切断〕」（*Circumnavigation et Circoncision*）にしようと思ったほどだった。

あるミドラッシュ〔ユダヤ教での聖典釈義のこと〕が語るところでは、エリヤはイスラエルが契約を忘却したこと、つまりは割礼を忘却したことを嘆いたという。そこで神は、割礼のときにはいつも立ち会うようエリヤに命じたのだろう。おそらくはイスラエルへの罰として。予言者エリヤの到来が予告されるたびに、それを割礼という出来事——それは共同体の一員となる瞬間であり、契約の瞬間、嫡子としての認知の瞬間である——に結びつけていたら、この署名の場面から血を流させることができたかもしれない。『ユリシーズ』では少なくとも二度、「包皮収集家」（「この島の人間はね、とマリガンはヘインズにさり気なく言った。始終あの包皮蒐集家を引合いに出す」(20)）、もしくは「包皮収集家イェホヴァ」（「彼の名前は何だっけ？　アイキー・モーゼだったかな？　ああブルームだ。

「彼はべらべらしゃべり続けた。

——「包皮収集家イェホヴァ、今やなし。さっき博物館で見かけたぜ。おれは泡立つ海から生まれたアフロディテに挨拶に行ったんだけど」(201)）への言及がある。しばしばミルクか泡の流入口の近くにあって、しかもどの場合にも、割礼はモーセの名に結びつけられている。たとえば次の箇所では、「モーゼス・ハーゾックという名前」を前にして、「割礼野郎だな！　とジョーが言う。——そうだ、とおれが言う（Ay, says I）。てっぺんをちょっと切り取った奴さ」(290) とある。《Ay, says I》、フランス語で言うと《oui, dit je》となろうが、〔Ay を I とみなすなら〕《je dit je》〔私は私と言う〕ともなる。更には、《je (dit) je》《oui (dit) oui》《je : je》《oui : oui》《oui, oui》《je, je》などと言い換えることもできるかもしれない。同語反復であり、独白なのだが、それでいて、ア・プリオリな総合判断なのだ。みなさんは次の事実を持ち出すこともできたかもしれない。ヘブライ語では、「義父」（英語では step-father という。ブルームがスティーヴンを前にして、「更にもう一歩」a step farther 踏み込んでもいい〔義父になってもいい〕と独り言を言ったのを思い出してほしい）という語は「割礼を施す者」を表す語でもあるという事実を。ブルームに夢があるとすれば、それはスティーヴンを家族の一員にすること、つまり婚姻か養子縁組によってこのヘレネス〔ギリシャ人〕に割礼を施すことであろう。

このようなジョイス共同体との契約をもって、われわれはどこへ向かうのだろうか。情報の記録保存と貯蔵に関する新たなテクノロジーが発明されることも考慮するとして、この調子で記憶が共有財産として蓄積されていくなら、一、二世紀後にはジョイス共同体はどうなるのだろうか。結局のところ、エリヤは私ではないし、みなさんにことの次第を、外部の報せを、更にはジョイス研究の黙示録、すなわち真理と最後の啓示を伝えにやってくる何らかの余所者でもない（ご存じのように、エリヤはつねに黙示録的な言説と結びついていた）。そうではなくて、エリヤ、それはあなたがたなのだ。あなたがたは『ユリシーズ』のエリヤであり、エリヤは大きな中央電話局（「もしもし、中央電話局ですが！」（149））として、貨物操車場〔仕分け場〕として、すべての情報が必ずやそこを経由するようなネットワークとして現れるのである。

こう言うと、みなさんはすぐに、ジョイス研究にたずさわる巨大コンピュータのことを思い浮かべるかもしれない（巨大コンピュータは「この本線全体を取り仕切っている。（…）永遠の命の連絡駅まで（…）予約したまえ」）。そのような巨大コンピュータがあるとすれば、それはすべての出版物を資本として蓄積し、さまざまな発表、シンポジウム、博士論文、ペーパーのたぐいを連動させて遠隔的にプログラムし、すべての言語でその索引を作成することだろう。人工衛星ないし太陽電話(sunphone)を使って、留守番電話の自動応答装置の「信頼性」(reliability)をあてにしながら、昼となく夜となく、いつでもこのコンピュータに問い合わせることができるだろう。——もしもし、はい、はい、何をお求めですか? えっ!『ユリシーズ』のなかでイエスという語が現れる箇所をひとつ残らずですか?——はい、そう《イエス》です。残る課題は、このコンピュータの主言語が英語なのかどうか、また、その特許《パテント》がアメリカの特許であるのかどうかを知ることである。というのも、ジョイス協会のトラストのなかではアメリカ人が圧倒的に重要な多数派なのだから。もうひとつ残された課題は、すべての言語でウィに相当する語のことをこのコンピュータに照会できるのかどうか、ウィという語について照合するだけで満足できるのかどうか、ウィのなかでも特に、照会の手続きのなかに含まれたウィという語もまた記録され、計算され、数え上げられるのかどうかを知ることである。円環《セルクル》を描くようにして、私はこの問いへと後で連れ戻されることになろう。

いずれにしても、エリヤという人物は、それが予言者であれ、割礼を施す者であれ、博識のジョイス専門家であれ、遠隔情報通信を牛耳る者であれ、『ユリシーズ』の叙述の提喩《シネクドック》〔修辞学の用語で、主に部分で全体、全体で部分を表現する比喩を表す〕にすぎず、それは全体よりも小さいと同時に全体よりも大きい。

だから、われわれは二重の錯覚と二重の威嚇を放棄しなければならないだろう。一、いかなる真理も、ジョイス共同体の外からは到来しえないし、また、過度に訓練を積んだ読者たちによって蓄積された経験と策略と知識なしでも到来しえない。二、しかし逆に、これと対をなすかのように、「ジョイスに係わる」能力・資格にとっての模範は存在しないし、このような能力・資格の概念のためにありうる内面性も閉鎖性もジョイスの場合には存在しない。「ジョイス」と署名されたテクストについて語られることがどの程度妥当であるかを測定するための絶対的な基準は存在しないのだ。とすれば、こうした出来事によって能力・資格という概念それ自体が揺るがされることになろう。なぜなら、書かなければならない、それもあるひとつの言語で書かなければならず、それとは別のあるひとつの言語でウィに応答し、連署しなければならないのだから。それゆえ、能力・資格についての言説（翻訳不能ないかなるエクリチュールとも無縁な、中立的でメタ言語学的な知識についての言説など）それ自体が、ジョイスに関しては能力・資格を欠き、最も妥当性を欠いていることになる。しかもジョイス自身、自分の「作品」について語るたびに、これと同じ状況に陥っているのだ。

このような一般論の道を辿る代わりに、過ぎていく時間のことを考慮して、『ユリシーズ』におけるウィに立ち戻ることにしたい。ずいぶん前から、ウィをめぐる問いは、私が思考し、書き、教え、読もうと努めてきたすべてのものをつき動かし、それを貫いてきた。読解に話を限るなら、私は数々のセミナーや論考をウィに捧げてきた。ニーチェの『ツァラトゥストラ』における二重のウィ（因みに、マリガンは《Thus spake Zarathustra》と言っている (29)）に。二重のウィのつねに最良の例であるような婚姻〔処女膜〕のウィ、ウィ、正午の大いなる肯定のウィ、次いで、二重のウィの両義性。一方の二重のウィは、重荷をキリスト教徒が引き受けることに帰着する。キリストのように、記憶と責任を過剰に背負わされた驢馬の「ヤー、ヤー」〔ウィ、ウィ〕であるが、他方のウィ、ウィは空気のように軽やかに身を踊らせる陽光のごときウィ、ウィであって、それはまた再度の肯定、約束、誓約のウィ、永劫回帰へのウィでもある。二つのウィ、というか、二通りのウィの反復のあいだの差異は不安定で、実に微妙だが崇高《シュブリム》なものであり続ける。一方のウィの反復は他方のウィの反復に取り憑いている。ニーチェにとっては、ウィはつねにその機会をある種の女性のうちに見いだすのだが、つけ加えておくなら、ニーチェは、ジョイスと同様、自分の『ツァラトゥストラ』を研究するためにいつか大学の講座が造られるだろうと予見していた。同じく、ブランショの『白日の狂気』のなかでも、語り手に準じる者がウィと言う力能を女性たちに、女性たちの美に帰している。ウィという限りで美しい女性たちに。「しかしながら、私は、生に対して『黙れ』、死に対して『立ち去れ』と決して言ったことのない人々と出会った。それらの人々はほとんどつねに女性であり、美しい生き物たちだった。」

そうすると、ウィは女性に属するものとなろう。――とはいえ、単に母親に、肉体に、大地に属するわけではない。モリーのイエスに捧げられた読解の大部分では、実にしばしばそう言われてはいるが。たとえば、ギルバート〔Stuart Gilbert, 1883-1969. イギリスの批評家でジョイスの友人〕や彼に続く多くの者たち、いや、彼以前の論者たちも「ペネロペイア、ベッド、肉体、大地、独白」と言っているが、この点ではジョイスも他の者より以上に能力・資格を有しているわけではない。ギルバートの言うことは嘘ではない、これはある種の真実性をもった真理でさえある。しかし、それがすべてではないし、それほど単純なわけでもない。性別であれ文法的な区別であれ、更には修辞的技法の区分であれ、種別《ジャンル》の法則はきわめて多元的な仕方で規定され、限りなく錯綜しているように私には思える。それを独白と呼ぶことは、夢遊病的軽率さのたまものだろう。

そこで、私はもう一度モリーのウィを聞いてみたい欲求にかられた。けれども、モリーのウィを、他のすべてのウィと共鳴させることなく、それを聞き取ることなどできるだろうか。他のすべてのウィは書物の全体を通じて、モリーのウィを予告し、それと連結され、電話でそれとつながれている。そういうわけで、昨年の夏、私はニースで『ユリシーズ』を再読した。まずはフランス語で、次いで英語で、鉛筆を片手に、ウィを、次にはイエスを数えながら、ある印字学《ティポロジー》〔類型学〕を粗描しながら。ご想像のとおり、私はジョイス協会のコンピュータに接続できることを夢見ていたのだが、計算の結果はフランス語と英語で同一ではなかった。

モリーはエリーではないし、モエリー（Moelie）ではない（ところで、ご存じのように、ヘブライ語のモヘルは割礼を施す者のことである）。だからといって、モリー、それはジョイスでもないのだが、にもかかわらず、モリーの「イエス」は周航し、環状に切り取ることで割礼を施し、それは『ユリシーズ』の最終章を円環的に囲む。モリーの「イエス」は最終章の最初の言葉であると同時にその最後の言葉であり、最終章のキックオフ(envoi)であると同時にそのおち(chute)でもあるのだから。つまり、「そう《イエス》、彼は決してしなかったから……」で始まり、「……そう《イエス》/わたしは言った/ええそう《イエス》するわと、そう《イエス》」で終わるのだ。最後の「イエス」、終末の言葉は、本来なら著者の署名がくる位置に、ページの右下に場所を占めている。モリーは『ユリシーズ』のひとりの登場人物であり、そのひとつの契機にすぎないのだから、当然そうでなければならないように、モリーのウィと『ユリシーズ』のウィを区別するとしても、これまた当然そうでなければならないように、二つの署名(モリーの署名と『ユリシーズ』の署名)とジョイスの署名を区別するとしても、それでも、これら二つのウィは互いに読み合い、呼び合う。両者が互いに呼び合うのはまさにひとつのウィを介してであるが、このウィはつねに呼びかけと要求の場面を設定する、つまりは確証し、連署するのだ。肯定はウィの確証、その反復、その保存、その記憶をア・プリオリに要求する。いくばくかの物語性は、最も単純な「ウィ」の、単純な中核にも見いだされる。「あたしは眼で彼に頼んだの/もう一度イエスと言ってくれと彼があたしに頼むように/そしてそのとき彼は頼んだの/そう《イエス》……」

ウィは決して単独では到来しないし、ウィと言うとき、そのひとは決して独りではない。フロイトが言うように、笑うときと事情は同じなのだが、この点には後で戻ることにしたい。フロイトはまた、無意識はノンを知らないという点を強調してもいる。ジョイス的署名をめぐる問いは、いかにも奇妙な言い方だが、ここで「ウィの問い」と呼ぼうと考えているものをどの点で前提としているのだろうか。ウィの問い、ウィの要求なるものが存在するし、おそらく——というのもこの点は決して確実ではないからだが——、問いや要求と必ずしも区別されないウィの、無条件で創始的な肯定が存在するのだろう。ジョイスの署名、少なくとも私がここで関心を向けている限りでの署名、したがって私はその現象を汲み尽くすなどと強弁するつもりはまったくないのだが、このような署名は父称〔姓〕を掘った判子を捺すことに帰着しはしないし、「ジョイス」(Joyce) という名をそこに再び刻印すべきシニフィアンの戯れ《ゲーム》(と呼ばれるもの)——一揃いのシニフィアン——にも帰着しない。長きにわたって署名は、こうしたシニフィアンの結合や社会的取り決めの戯れ《ゲーム》に帰着するとみなされてきたが、かかる戯れ《ゲーム》に由来する推論は安易で、退屈で、無邪気な自己満足にすぎない。それに、たとえそれが何らかの妥当性を保持しているとしても、この種の推論はまずもって署名を、戸籍名への単なる言及、戸籍名の捺印、その処理と混同してしまっている。ところで、すでに示唆したように、法律的な現象としても、また、その構造本来の複雑さに関しても、署名は固有名に単に言及することにはとどまらない。署名は固有名の綴りを発音したり、固有名に言及したりすることで満足したりはしないのだが、固有名それ自体はどうかというと、それもまた法的な父称に還元されることはない。法的な父称は張りめぐらされた遮断幕もしくは罠としての鏡であって、結論を急ぐ精神分析家たちはこの罠に陥ってしまうのだ。私はこのことをジュネ、ポンジュ、ブランショに関して証明しようと試みた。父称の場面に関しては、『ユリシーズ』の最初の数頁を読むだけで、読者はその盲を啓かれるだろう。

5

誰が署名するのか。ジョイスの名において誰が何を署名するのか。この問いに答えがあるとしても、それは、シンポジウムの際におもむろにポケットから取り出せるような型通りの解答マニュアルや処方箋のたぐいではない。にもかかわらず、ささやかな前提作業として、また、それに関心を抱くのは私だけかもしれないが、署名の問いにつねに含まれたウィの問いを通じて、署名の問いを提起することができると私には思われたのだ。ただそれは、ウィの問いがここで次の問いと結びつき、それと婚姻している（私は marier〔夫になる〕というフランス語にこだわりたい）限りにおいて、なのだが。すなわち、特に『ユリシーズ』以降、誰がジョイスと共に、ジョイスにおいて笑うのか、いかにしてそれ（ça）は笑うのか。

笑う人間〔男〕とはどのような人間〔男〕だろうか。それは人間〔男〕なのだろうか。なにものかが笑うとして、いかにしてそれは笑うのだろうか。それは笑うのだろうか。というのも、ウィのゲーム（*game*）ないしギャンブル（*gamble*）のうちにさまざまな音の幅（gamme）――ポリ・

ガム〔多重婚姻〕――があるのと同様に、笑いにもひとつ以上の様態と音色があるからだ。それにしても、なぜそうなのか。なぜ、音階《ガム》であり「ゲーム」であり「ギャンブル」なのか。なぜなら、蓄音機が登場する前、更にそのすぐ前で中央電話局の交換手たるエリヤの長口上が始まる前に、小鬼の妖精――化け物（hobgoblin）――がフランス語でクルピエ〔ルーレットを回したり賭け札を集配する係〕の台詞を語る場面があるからだ。「彼がやって来る！〔出るぞ！〕〔彼とはエリヤのことだと思うが、キリストのことかもしれない〕 それはおれのことだ！ 笑う男さ！ 最初に生まれた人間さ！ （イスラム教苦行派の托鉢僧のように、彼はわめきながらルーレットを勢いよくぐるぐる廻した。）さあ皆さん、賭けてください！ （彼はうずくまって手品を使う。ルーレットの小さな遊星が彼の両手から飛び出す。）勝負！ （遊星はぶつかり合って、ぱちぱちと鋭い音をたてる。）はい、それまで」（472）。「彼がやってくる」〔出るぞ〕（Il vient）、「はい、それまで」（rien n'va plus）は原文でもフランス語で書かれている。が、フランス語訳はそのことを告げていない。つまり、フランス語がフランス語を抹消しているのだが、それによって、笑う男の自己顕示に含まれた本質的な含意や指示対象も抹消されかねないのである。

われわれはウィの翻訳、その伝承、その転移について話しているのだが、そうである以上、ウィが「原文でもフランス語で」（よく言われるように）、しかも斜字体で書かれている場合には、同じ問題がウィのフランス語訳についても提起されるという点を知るべきだろう。「原文でもフランス語で」という徴《マルク》しの抹消は、その場合、《Mon père, oui》〔おやじか、そうだよ〕(47)という言葉〔後出〕が、引用されたウィに孕まれたすべての問題を浮き彫りにするような引用効果を示しているだけに、よりいっそう深刻である。第一部の第三挿話(「プロテウス」)では、「眼に見えるものの避けがたい様態」と「耳に聞こえるものの避けがたい様態」、言い換えるなら、「イエス」の避けがたい書字音声性に触れた少し後に、それと同じ一節で、「固い音がするぞ」と言われている。その一節は父と息子の同一実体性を調べる「へその緒」にも触れ、「へその緒」のすぐ近くには、書字的‐電話的〔遠隔音声的〕でユダヤ‐ヘレニズム的な場面が続いている。「もしもし、こちらキンチ。エデンの園市につないでくれ。アレフ、アルファの001番だ。(…)はい、お父さん。いいえ、お父さん。イエスが泣いたって。無理もないよ、キリストにかけて。」同じ頁(44)には(われわれはここで、数々の本質的な理由から、ことがらを隣接性という観点から扱わなければならない)、フランス語訳、それもジョイスのお墨付きをいただいた訳が「ウィ」と訳した箇所がある。しかし、原語は「イエス」ではなく、一箇所は《I am》、もう一箇所は《I will》である。この点にはぐるっと周ってまた戻ってくることにしよう。そこで例の言葉を含んだ一節だが、その一節は、母から送られた郵便為替――スティーヴンは〔窓口が「閉められた」ため〕フランスの郵便局でそれを換金できなかった――と、「フランスの青い電報用紙」へのさりげない言及――「フランスの青い電報用紙。見せびらかすに足る代物だ。――ハ

ハキトクカエレ　チチ」——とがすぐ後に続くかたちで出てくる。「——腹の皮がよじれるよ、ねえきみ。ぼくは社会主義者だ。だから神の存在なんて信じてやしないよ。でも、おやじには言いっこなしだよ。

「——彼は信じているの？

「——おやじか、そうだよ。」(47)（原文でもフランス語で）

依然として署名の問いはまったく解決されないままわれわれの前にあるのだが、この問いを練り上げるための、ささやかではあるが不可欠な予備的次元は、私の考えでは、ウィの角《かど》——見えるウィと聞こえるウィの角、つまりは「ウィウィ」(*oui oui*) の角——とはいえ、《oui》と《oui》という二つの語のあいだにはいかなる語源的系統は存在しないのだが——に、「眼のためのイエス」と「耳のためのイエス」、そして更には笑いの角に、ウィと笑いの角に位置づけられる。要するに、「ウィ・ディール」(ouï dire) と私に言わせたり、そう聞き取らせたりした電話的言い違い・聞き違いを貫いて、「ウィ・リール」(oui rire) がその道を切り拓いたのである。そして、dとrという子音の差異もが。因みに、私の名字に含まれた子音はこの二つだけである。

それにしても、なぜ笑いなのだろうか。ジョイスにおける笑いについてはおそらく、すでにすべては語り尽くされている。パロディや風刺や愚弄やフモールやイロニーや嘲りについても。ジョイスのホメーロス的な笑い、そのラブレー的な笑いについても。残るは、まさに残り (reste)

として笑いを考えることである。何を言わんとするのだろうか、笑いは。それは何を笑おうとするのだろうか。

『ユリシーズ』では、経験の、意味の、歴史の、象徴体系の、諸言語の、諸筆記の潜在的全体が、数々の文化の、数々の場面の、数々の情動の大団円、大百科全書が、数々の総和のそのまた総和が、要するにその結合関係の全体を作動させることで、みずからを展開し、みずからを整序しようとしている。このことを理論上ひとたび認めたとするなら、そのすべての場所を潜在的に占めようと努めるエクリチュール、それと、ジョイス研究に関する世界的で永遠に不滅な協会の使命をなすような全体包括的な解釈学は、主たる情動—— *Stimmung*〔根本的気分〕ないしパトス——とはあまり呼びたくないが、そのようなものを前にすることになろう。この音調は他のすべての音調を繰り返し貫きながらも、それ自身はこれらの音調の系列に属してはいない。それというのも、この音調は他のすべての音調を繰り返し徴しづけ、そこに付加されながらも加算されたり全体に組み込まれたりはしないのだから。準 - 超越論的であると同時に準 - 補完的でもあるような残りがそうであるように。つまり、「然りの笑い」(oui-rire) がエクリチュールの全体のみならず、笑いのあらゆる性質、あらゆる様態、あらゆるジャンルをも過剰に徴しづけているのだが、これらの性質や様態やジャンルのあいだの数々の差異については、何らかの類型学のうちでそれらを分類することができるだろう。

では、なぜ「然りの笑い」は何よりも、そして結局は、ひとつの署名が責任を負うところの全体に先立ち、かつ全体に続き、その全体のためにあるのか。それとも、ひとつの署名によって看過されたものの全体のためにあるのか。その場合には、なぜこの残りがあるのか。

私にはこの作業やこの印字学〔類型学〕を素描する時間がない。ただ、いくつかの領野を横切りつつ、私としては二重の関係についてちょっと〔ふたこと〕述べるにとどめたい。二重の関係とはつまり、私のジョイス読解とジョイスについての私の再筆記《レクリチュール》——今度は『ユリシーズ』をまさに超えての——に、二重の音調を伝えるような不安定な関係であり、この「然りの笑い」と私との二重の関係のことである。私の推測では、この二重の連関を企てたのはひとり私だけではない。それはジョイスの署名それ自体によって制定され、要請され、求められていると言えるだろう。

ある耳《オレイユ》で、ある種の聴覚で、私は反応的な、更には否定的な「然りの笑い」が響くのを聞き取る。この「然りの笑い」は過剰記憶による支配を享受するとともに、その支配を脅かす他のありうべきどんな支配にも挑んで蜘蛛の巣を張ることに喜びを覚える。そうした「然りの笑い」は難攻不落である。アルファからオメガまですべてをあらかじめ書字音声化した蓄音機と同様に。この機械のなかでは、すべての歴史、すべての物語や言説や知識、これから記されるだろうすべての署名——数々のジョイス関連の組織や他のいくつかの組織を宛て名とした——が前もって定められ、現実に存在するどんなコンピュータの容量をも超えてあらかじめ入力され、あらかじめ内包され、捕らわれ、前もって語られ、部分へと断片化され、換喩化され、分析の患者たちのように、当人がそのことを知っていようといまいと、いずれにしても究め尽くされている。逆に、学知（science）ないし共同の知（conscience）〔意識〕は何も整序しはしない。それはせいぜい計算の追加を主たる署名に従属させることしかできない。学知はジョイスを笑うことができるが、笑うことでなおもジョイスに借りを負い続ける。『ユリシーズ』（197）で言われているように。「きみは自分が嘲笑したものにやがて仕えることになるだろう。／嘲笑者の群れ。」

このような全能――仕掛けられた大きな策略〔囲い込み〕――を笑うジェイムズ・ジョイスがいて、彼の笑い声が聞こえる。私は狡猾で悪賢いユリシーズの数々の策略・言い回し《トゥール》について、そしてまた、すべてに飽きて帰路につくことでユリシーズが締め括った大周航《トゥール》について語っている。たしかに、勝利の喜びに満ちた笑いではある。が、喜びはつねにいくばくかの喪の悲しみをあらわにしており、笑いは諦念を伴う明晰さに属してもいる。なぜ「諦念を伴う明晰さ」と言ったかというと、件の全能はなおも幻想にすぎず、それが幻想の次元を開くとともにそれを定義しているからだ。ジョイスがそれを知らないでいることはありえない。たとえば次のことをジョイスが知らないでいることはありえない。すなわち、書物のなかの書物たる『ユリシーズ』もしくは『フィネガンズ・ウェイク』は「国会図書館」（*Library of Congress*）の数限りない蔵書のなかではほんの小品にすぎないし、日本のホテルの小さな雑誌売店にそれが置かれることはおそらく永久にないということを。そしてまた、書物の保存というかたちをとらない記録保存所〔コンピュータ〕での蓄積は図書館とはもはやまったく比較にならないほどなので、そこでも、この書物のなかの書物は見失われてしまうということを。数限りない旅行者たち――アメリカ人であろうとなかろうと――が、何らかの「奇妙な出会い」によって、この種のものと出会う機会はますます少なくなるだろう。それでもなお、この狡猾な小著について、ある者たちは、あまりにも巧妙で、抜け目がなく、凝った細工を施し、知識を過度に詰めこんだものと判断するだろう。身を隠し、すべての土台〔前提〕となりつつも、姿を現したくてうずうずしているような知識を過度に詰めこんだものだと。要するに〔合算すると〕、悪しき文学〔質の悪い虚構〕だというのだが、悪しき文学とは、計算とは無縁な詩の純朴さの入り込む余地がないという点で俗悪な文学、過度に知的鍛練を施され、過剰のスコラ的形式主義に凝り固まった、そのようなテクノロジーで渋面をつくる文学であり、精妙博士、いや、あまりにも精妙な博識の、言い換えるなら、近々に世間を知ったパングロス博士〔ヴォルテールの『カンディード』の登場人物で、汎言語博士の意〕の文学であって（これはノラ〔ジョイスの妻〕が冷ややかにもジョイスの作品について抱いていた考えに近かったのではないか）、だから、それがアメリカ合衆国の郵政局によって発禁処分にされ、かくして有名になることも計算ずくだったと判断されるだろう。

諦めて幻想を甘受しながらも、この「然りの笑い」は主体性としての支配を再び主張する。みずからを再び集め、名前へとみずからを委譲しつつ、主体性は、万物の大いなる反復にすぎないもののなかで、太陽が東から西へとめぐる一日のなかですべてを集摂するのだ。「然りの笑い」は他を打ちのめすと同時に自分をも打ちのめす。時にサド的に、皮肉《イロニー》まじりの冷笑で。つまりは、冷笑の、揶揄の、せせら笑いのシニシズムであり、嘲笑者の群れである。「然りの笑い」は記憶の全体で自分を打ちのめし、それを背負い、孕んでいる。「然りの笑い」は再度の昇天、消尽、終末におけるキリストの再臨を引き受ける。次のように言っても、何ら矛盾はない。ここにいう「然りの笑い」は、ニーチェによると驢馬のごときキリスト教徒の「然りの笑い」なのだ、と。それは「ヤー、ヤー」と叫ぶ者の「然りの笑い」であり、更にはユダヤ‐キリスト教徒の畜生の「然りの笑い」であって、ユダヤ‐キリスト教徒の畜生は、ギリシャ人がいつか割礼を施されることがあれば、これまで自分に向けられていたギリシャ人の笑いを、彼ら自身に向けさせたいと望んでいるのだ。こうした意味での「然りの笑い」は宗教の真理としての絶対知であり、引き受けられた記憶であり、罪悪感であり、「駄馬」(bête de somme)と言われる意味での駄文学〔大全の文学〕(de somme)であり、催促(sommation)の文学、債務の契機である。すなわち、A, E, I, O, U, *I owe you*〔A. Eよ、ぼくはきみに借りがある〕なのだが、ここにいう《I》すなわち「私」(je)がまさに「私」となるのは債務の只中においてである。言い換えれば、債務を負ったとき初めて

「私」は自分自身へと到来するのだ。

I, O, U, は「ぼくはきみに借りがある」を意味すると共に単に三つの母音の発声でもあるが、両者のあいだの連関は、残念ながら今はその時間がないのだが、私が他の場所、『郵便葉書』や「ジョイスに寄せるふたこと」のなかで、『フィネガンズ・ウェイク』の《and he war》や《Ha, he, hi, ho, hu》について述べようとしたことと、『ユリシーズ』にいうI, O, Uとの結びつきへと私をきっと導いてくれたはずだ。I, O, Uはフランス語の *oui* の奇異なアナグラムでもあるのだが、ジョイスによってお墨付きを与えられた版では、何と説明的に《je vous dois》と訳している。ジョイスはこの翻訳にウィと言い、そうすることでこの翻訳に同意した。そのときジョイスはフランス語でウィと、すべて母音で言ったのだろうか、それとも英語で言ったのだろうか。笑いは、何世代にもわたる後継者や読者や擁護者や「ジョイス学者」や作家たちに永久に借りがあることをせせら笑って問題にしないのである。

囲い込みながら再びわが物にし、『オデュッセイア』の周航のように円環的に要約するこの全能の「然りの笑い」は、ある装置の設置を伴っているのだが、この装置には、「然りの笑い」の特許つきの署名を、更にはモリーの、来たるべきすべての連署者たちの署名をあらかじめ孕むことが潜在的に可能である。来たるべきすべての連署者たち、と言ったが、もはや中身のない表皮、実体の偶有性しかもたらさない老いた人間としての芸術家〔『若き芸術家の肖像』*A Portrait of the Artist as a Young Man.* を踏まえた表現〕の死後も連署は続けられていく。親子関係——認知されたものであれ私生児的なものであれ——の機械は順調に作動し、すべてに対応可能で、すべてを家族として飼い馴らし、割礼を施し、丸く囲い込むことができる。それは、絶対知が百科全書的・円環的に自分を取り戻すことに手を貸すのだが、この絶対知はロゴスの生として、言い換えるなら、自然な死の真理のなかでも、自分自身のもとへとみずからを集摂する。そのことを共同の記憶〔記念行事〕によって証言するために、われわれはここ、フランクフルトにいるのだ。

　しかし、このような「然りの笑い」の終末論的な音色は、まったく異なる音楽によって、まったく異なる歌の母音によって操られ、貫かれてもいるように私には思える。むしろ「取り憑かれている」と言いたいところだが、その様はまるで楽しく腹話術師に身を委ねているかのようだ。二つの相異なる音楽〔然りの笑い〕はほぼ重なり合ってもいるのだが、私はこの「然りの笑い」を、借財なき贈与の「然りの笑い」としても聞き取る。それは贈与もしくは放棄された出来事の軽やかな、ほとんど健忘症的な肯定であって、古語で「慈善」(œuvre)と呼ばれるものにあたる。この失われた署名、固有名なき署名が、再び我が物とすることの円環的回路とあらゆる略署名の家族的取り込みを示し、それを名指しするのは、そのような回路と取り込みの幻想の限界を画定するためでしかない。ただし、このように限界を画定するのは、そこで、他人の到来にはつきものの不法侵入に備えるためなのだ。他人と言ったが、エリヤが予見不能な他人の名であるなら、それはつねにエリヤと呼ぶことができるような他人である。このように予見不能な他人の名のために、ひとつの場所が確保されなければならないのだが、エリヤは中央電話局の偉大な交換手、巨大プログラム電話網〔巨大予言書字音声網〕の長たるエリヤではもはやなく、他なるエリヤ、他人たるエリヤである。しかし、そうなるとまさにエリヤは同音でありながらも二つの意味をもつことになる。エリヤはつねに一方であると同時に他方であり、一方を招くと他方をも引き寄せてしまいかねない。このリスクをつねに冒さなければならないのだ。こうして私は、この最後の楽章のなかで、一方の「然りの笑い」の他方の「然りの笑い」によるこうした感染のリスクないしチャンスに向けて回帰することになる。エリヤへの、言い換えるなら、他人による私への寄生に向けて。

そもそも、なぜ私は、笑い、それも残された笑いの問い――根本的で準‐超越論的な音色として残存するものたる笑いの問い――を「ウィ」の問いに結びつけたのだったか。

『ユリシーズ』において何が到来するのか。それが何であれ、また誰であれ、たとえばエリヤの到来のように、何かもしくは誰かが到来することにおいて何が到来するのか。この点を考えるためには、出来事の特異性、つまりは署名の唯一性を思考すべく努めなければならない。いや、署名というよりもむしろ代替不能な徴しと言うべきかもしれない。なぜかというと、署名は、著者の割礼後に授かった父称〔姓〕が記されているのを見て、そこから著作権を読み取るという現象には必ずしも還元されないからだが、もしお望みならこう言ってもよい。割礼なるものそれ自体を、この徴しの可能性にもとづいて、徴しのかたち（figure）に先立ち、徴しにそのかたちを与えるような線（trait）の可能性にもとづいて思考すべく努めなければならない、と。一方、笑いは『ユリシーズ』の根底をなすような、いや深い淵のような音調であり、『ユリシーズ』の分析は、まさに『ユリシーズ』が知ることを笑い、知識を笑うがゆえに、手持ちの知識のいずれによっても究め尽くされることはないのだが、そうだとすると、笑いは署名という出来事に対しても炸裂することになる。ところで、ウィなしには署名はない。署名がある名を操ったりそれに言及することに帰着しないのは、それが、ウィと言ったり頷いたりすることで残された徴しを自分自身の徴しとして確証する者の不可逆的な誓いを前提としているからだ。

　誰が署名するのか、ジョイスはモリーであるのかないのか、前者すなわち著者の署名と、後者すなわち著者が署名を添えた登場人物や虚構の署名とのあいだの差異はいかなるものなのかを考えること。この差異を二元性としての性差と関連づけて、性差についてあれこれ話し合うこと。そして、美しい植物、薬草もしくはパルマコンたるモリーは「いかにも女らしい女」の性格の持ち主なのに対して、ジェイムズ・ジョイスは「いかにも男らしい」性格の持ち主であるとの指摘（私はフランク・バジェン〔Frank Budgen, 1882-1971. ジョイスの親友で『ジェイムズ・ジョイスとユリシーズの作成』の著者〕とその何人かの追随者たちの言葉を引用する）を、自分が信じているかどうかを語ること。また、ジョイスが「際限なく続く独白」を「来世行きのブルームのパスポートへのモリーの不可欠な連署」として語ったのを斟酌することを（書簡や会話でのジョイスに関しても専門的権威はまったく存在しないように私には思われる）。最後に、ここで私が話している数々の可能性について、臨床的カテゴリーとそこから生まれた精神分析的知識を操ること。しかし、これらの課題と取り組むに先立って、まず考えてみたいのは、署名とは何かということだろう。署名は、「〜とは何か」という問いよりも「古い」「ウィ」を必要としている。この問いは「ウィ」を前提としており、この「ウィ」は〈知識〉よりも「古い」ものだからだ。なぜウィはつねに「ウィ、ウィ」として到来するのかを考えてみなければならない。私はウィと言ったのであって、「ウィ」という語とは言わなかった。なぜなら、語なきウィが存在しうるのだから。

追記（一九八七年一月二日）　語なきウィは、語を欠いているのだから、「起源語」ないし根源語（*Urwort*）ではありえない。にもかかわらず、語なきウィは根源語ないし起源語に類似している。まさにそれこそが謎なのだ。ひとが神に類似しうるのと同様に。たとえばローゼンツヴァイク〔Franz Rosenzweig. 1886–1929. ドイツのユダヤ系哲学者〕の語るウィは、無音で無言の語であるのでなければ根源語の始原性をもつことがない。一切の肯定的命題に先立ち、その彼方にあるような、言語のいわば超越論的次元であるのでなければ。このようなウィは神のウィであり、神におけるウィである。曰く、「〈ウィ〉の力とはすべてと結びつくことだが、それというのも、現実の無制限な可能性がそのうちに秘められているからだ。それは言語にとっての根源語（*Urwort*）で（…）、ここにいう根源語とは、まず初めには、命題そのものをではなく単に命題のなかに介入する単語を可能にするような語のひとつである。〈ウィ〉は命題のひとつの要素ではないし、また、ある命題の速記的略号でもない。ただし、そのような意味で〈ウィ〉を使用することはできるのだが。実際には、〈ウィ〉は命題のあらゆる要素の黙した同伴者であり、各々の単語の背後に存する確証──「ママ」（sic）であり、「アーメン」──なのだ。〈ウィ〉は命題のなかの各々の単語にその存在の権利を与え、各々の語にそれが座る座席を提供する。〈ウィ〉は「座らせる」のだ。神における最初の〈ウィ〉は、まさにその無限性において、神の本質を基礎づける。この最初の〈ウィ〉が「最初にある」のだ。」（『贖いの星』、フランス語訳三八─三九頁）

6

とするなら、これらの言説すべてに先立って、ウィの意味と機能、そして何よりもウィが前提とされていることについて詳細で分別ある長大な省察を展開すべきかもしれないし、展開すべきだったかもしれない。ウィは言語に先立つとともに言語のうちにあり、加えて、狭義の言語学にはおそらくもはや属することなき言語の複数性の経験のうちにもある。語用論に向けての拡大は不可欠であるものの、それだけでは不十分であるように私には見える。ここでは繰り返さないが、私が別の箇所で語ろうと試みた意味での痕跡や筆記についての思考へと開かれていかない限りでは。

ウィによって何が語られ、何が書かれ、何が到来するのだろうか。

ウィという語が語られたり書かれたりせずとも、そこでウィが含意されているということもありうる。そのことが、たとえばフランス語訳ではウィの数を増やすことになる。それを読んだ読者は、英語の原文にも「イエス」という語があるものと思い込んでしまう。本当は「イエス」がないにもかかわらず。しかし、極限においては、ウィはどんな言明とも拡がりを同じくするものと化すから、すべての言明の後に続けてすぐウィを重ねたくなるのも無理はない。ウィそれ自体が言明されているときには今度は、単なるリズムの徴しとしてのウィや、一時休止もしくは呟きのごとき間投詞としての一呼吸分のウィを重ねたくなる。こうした誘惑は、フランス語においてもそうだが、何よりもまず英語において著しく、『ユリシーズ』でも時々生じている。そこではウィは、自分が自分に言うウィであれ自分が自分のなかの他人に言うウィであれ他人が私に言うウィであれ、電話での最初の「もしもし」を確証するために現れる。たとえば次のように。はい《ウィ》、そうです、私が言ったとおりです、たしかにそう言いました、ええ《ウィ》、それが私の言ったことです、ええ《ウィ》、はい《ウィ》、私の言うことが聞こえますか、私にはあなたの言うことが聞こえます、はい《ウィ》、私たちは話しをするために電話しているのですよね、言葉を使って、私の言うことがよく聞こえますか、そうなんです、そんなことがありました、そんなことが起こりました、そう書かれています、そう記されています、ええ《ウィ》、たしかに《ウィ》。

ただ、語なきウィの話はこれくらいにして、現象としてのウィ、明示され、語として明確に記され、話され、書かれ、音声文字化《フォノグラメ》〔表音文字化〕されたウィから再び出発することにしよう。このような語は語る。いや、語るということで、言語の外もしくは徴しの外に見いだされるような何かを指示し、それを告知し、それを描写することが考えられているとすれば、この語はそれ自体では何も語らない。ウィという語の唯一の指示対象《レフェランス》、それは他の徴しであり、これらの徴しもまた他の徴しの徴しである。ウィは徴しの外にあるものを何も語らず、何も告知せず、何も名づけないのだから、そこから、ウィは何も語らないとの結論を導こうという気になるひとたちもいるだろう。ウィは空虚な語で、ほとんど副詞とさえ言えない代物だ、と。というのは、われわれの言語では、ウィは文法的カテゴリーのもとに分類されているのだが、どんな副詞も、このカテゴリーによれば、たとえウィをつねに前提としているとしても、ウィよりも豊富で、特定された意味的負荷を有しているのだから。要するに、ウィは超越論的な副詞性であり、一切の動詞に伴う抹消不能な補足・代補 (supplément) である。ウィはまずは副詞、それも間投詞としての副詞であり、不明瞭な叫びに依然としてきわめて近い。概念以前の発声であり、言説の香りのごときものなのだ。

　香りで署名することはできるだろうか。ウィを、ウィが描写しているとみなされているものによって置き換えることはできないし (ウィは何も描写しないし、何も確認しない。たとえそれが、はい私は確認します、それは確認されましたなど、どんな確証にも含まれた一種の行為遂行的発話であるとしても)、また、ウィを、ウィが承認し、肯定しているとみなされているものによって置き換えることもできないのだが、それと同様に、ウィを、ウィというこの行為ないし操作――それが行為であり操作であるとして――を描写するとみなされている概念の名称によって置き換えることもできない。能動性〔活動性〕ないし現実性の概念はウィを説明するには適していないように私には見える。ウィという準-行為を、「承認」「肯定」「確証」「承諾」「同意」によって置き換えることはできないのだ。「アフィルマティフ」〔オーケー、そのとおり、の意でウィの代わりに用いられる〕という語は、技術面でのあらゆるリスクを回避するために軍人たちが用いる語だが、それによってウィを置き換えることはできない。「アフィルマティフ」はウィを依然として前提としている。「はい《ウィ》、私はたしかに『オーケー』（アフィルマティフ）と言います」という具合に。

ウィはわれわれに何を考えさせるだろうか。何も名づけず、何も描写せず、何も指示しないウィ、徴しの外に何ら指示対象をもたないウィは。徴しの外、と言ったが、それは言語の外ではない。なぜなら、ウィは語を、少なくともウィという語を必ずしも必要としてはいないからだ。たとえ他の記述や叙述に対してウィと言うことがあるとしても、ウィは根底的に非-事実確認的で非-記述的な次元を有していて、この次元ゆえに、ウィは隅から隅まで、卓越した仕方で行為遂行的ではある。けれども、この形容は私には不十分であるように見える。なぜなら、まず第一に、行為遂行的発話はひとつの文（*phrase*）でなければならない。それも、ある一定の慣例的文脈のなかで、ある一定の出来事を産み出すのに十分なほどに、それ自体で意味を備えた文でなければならないからだ。ところで、私が思うには、そう《ウィ》、伝統的哲学の規範に即して言うなら、ウィは一切の行為遂行的次元を支える超越論的条件であろう。約束、宣誓、指令、誓いはつねに、「はい、私は署名します」(*oui, je signe*)を含んでいる。「私は署名する」の「私」は、たとえそれが見かけだけの署名であるとしても、自分に対してもひとに対してもウィと言う。行為遂行的な徴しによって産み出された出来事、広義のエクリチュールはいずれもウィを伴っている。ウィが現象として現れようと現れまいと、言い換えるなら、現象として言語化ないし副詞化されていようといまいと。モリーはウィと言いながら、過去のウィのことを思い出してもいる。眼で彼女が言ったウィ、それも眼でウィを要求するために言ったウィのことなどを。

ここで、われわれがいる場所は、否定や肯定や否認の起源をめぐる大問題が展開されうるような、また、必ずや展開されるような空間ではいまだない。この場所はまた、「私はつねに否定する精神である」〔本書一〇七頁参照〕という言葉を逆転して、モリー、それはつねにウィと言える肉体である、とジョイスが語りえたような空間でさえない。今われわれが話題にしているウィは、こうした逆転可能な一切の二者択一に、こうした一切の弁証論に「先立って」いる。これらの二者択一や弁証論はウィを前提とし、それを内包しているのだ。われあり(*Ich bin*)のわれ(*Ich*)が肯定したり否定したりするのに先立って、ウィは措定され、あらかじめ措定され、任命されている。エゴとしてではない。たとえこのエゴが意識的エゴであれ無意識的エゴであれ、男性主体であれ女性主体であれ、精神であれ肉体であれ。そうではなく、ウィは行為遂行的発話に先立つ力のごときものであって、この力は、たとえば「私」(je)という形式をまとって、「私」が他人に差し向けられていること、それも、男であれ女であれ、かくも未規定な他人に差し向けられていることを徴しづけている。つまり、「ウィとしての私」であり「ウィと他人に言うこととしての私」なのだ。たとえ私が「ノン」と言うとしても、また、私が語ることなく自分を差し向けるとしても。最小でかつ最初のウィは電話での「もしもし」、監獄の壁を叩く音のようなもので、それは、何かを言わんと欲したり、何かを意味するに先立って、「私はここだ」(je-là)を徴しづけている。「私はここだ」、聴いてくれ、応えてくれ。徴しがあり、他人がいるのだ。数々の否定性がその後に続くこともありうるが、たとえそれらがすべてを奪い去ったとしても、ここにいう「ウィここに」(oui-là)はもはや消えることはない。

この未規定で最小の差し向け、純粋無垢とさえ言えるこの差し向けを、語へと、「私」「私がいる」「言語」のような語へと翻訳しなければならないという修辞学上の必然性に、私は譲歩せざるをえなかった。そもそも私の措定、存在の措定、言語の措定がこのウィから派生したものであるというのに、である。ウィという主題について何かを語ろうと欲する者にとっての困難がここにあますところなく示されている。メタ言語なるものそれ自体が、それには内包しえないウィという出来事を前提としている限り、ウィという主題に関してはメタ言語はつねに不可能であろう。どんな会計やどんな算出についても、一連のウィを根拠の原理と計算機によって整序することをめざしたどんな計算にも同じことがあてはまるだろう。ウィは、他人への差し向けが存在することの刻印を残しているのである。

この差し向けは対話や交渉では必ずしもない。それは声も対称性も想定しておらず、応答の先行性、それも、すでにして要求であるような応答の先行性を前提としている。なぜなら、他人がいるとして、ウィがあるとして、その場合、他人は同一者もしくは私によってはもはや産出されえないからだ。一切の署名と一切の行為遂行的発話の条件たるウィは、私が構成したものならざる他人へと差し向けられる。私はこの他人に対して要求することからしか始められないのだが、私が他者に要求するのは、いつもそれに先立って他者が私にウィと言ってくれと頼んでいるからで、それに対する応答として私は他者に要求するのである。時間は、この特異な転倒せる順序《アナクロニー》に発してのみ出現する。このような絡み合いは架空のもの、まがいものにとどまるかもしれないし、他人と私の要求の順序を逆にしても何の支障もないという可能性もつねにある。私が他人へと差し向けられているからといって、両者は決して分離できないとも、それは唯一の置き換えのきかない関係であるとも言えない。しかし、たとえそうだとしても、このことは私が述べた構造の必然性に何ら変化をもたらすことはない。この構造はありうべき一切の独白をア・プリオリに破棄してしまう。モリーの「独白」ほど独白らしからぬものはない。たとえ、慣例のある種の限界の内部では、それを、「独白」のジャンルないし型に属するものとみなすことが十分に正当なことであるとしても。とはいえ、性質の異なる二つの〈イエス〉、二つの大文字の〈イエス〉、ということはつまり書字音声化された〔発声された音であるのに書かれることを意識した〕二つの〈イエス〉のあいだに挟まれたモリーのおしゃべりは独白ではありえない。せいぜい孤独な語りであるにすぎない。

ただ、なぜここで独白の外観が不可欠であったのかは理解できる。それはまさにウィ、ウィのせいなのだ。ウィはもうひとつのウィのことしか語らないし、もうひとつのウィしか要求しないのだが、このもうひとつのウィは他人のウィであって、やがて見ることになるように、他人のウィは分析的に――もしくはアプリオリな総合によって――最初のウィのなかに内包されているのである。最初のウィは、それを確証してほしいという訴え、つまりウィ、ウィのうちでのみみずからを措定し、みずからを差し出し、みずからを刻印する。それはウィ、ウィで始まる。第二のウィ、もうひとつのウィが到来することで始まるのだが、第二のウィはなおも最初のウィが覚えられているというウィでしかないから（モリーは第二のウィをもとに〔自分を〕思い出す）、このような想起を独白的と呼びたい誘惑につねにかられるのだ。そして、同語反復的と呼びたい誘惑に。ウィはウィのことしか語らない。もうひとつのウィのことしか。もうひとつのウィは最初のウィに類似している。たとえ最初のウィがまったく他なるウィの到来に向けてウィと語るとしても。ウィは独白・同語反復的もしくは鏡像的なもの、あるいはまた想像的なものに見える。というのも、ウィは私が措定される場所を開くからであって、この場所それ自体が一切の行為遂行性の条件なのである。オースティン〔John Langshaw Austin 1911–60. オクスフォード大学教授で日常言語学派の中心人物。主著に言語行為を論じた『いかにして言葉を用いてことをなすか』（邦訳『言語と行為』大修館書店）がある〕が指摘するところでは、行為遂行的言明の文法の最たるものは直説法現在の第一人称形である。たとえば、私は約束する、私は受け入れる、私は拒否する、私は命令する、私はそうする（*I do*）、私はそうするつもりだ（*I will*）のような。「彼は約束する」は明確な行為遂行的言明ではないし、そのようなものたりえない。たとえば、「彼は約束すると、私はあなたに誓う」などのように、「私」が言外に仄めかされているのでなければ。

　ブルームが薬局に行ったときのことを思い出してほしい。彼はさまざまなことを思い出して自分に語りかけるが、そこには香りにまつわることが含まれている。思い出していただきたいが、モリー、この薬草の数々のウィも香りの成分に属していた。一時は本当にそうしようと考えたのだが、私はこの話を芳香論、言い換えるならパルマケイアー論たらしめ、それに「ユリシーズにおける行為遂行的香りについて」（*Du perfumatif dans Ulysse*）という題をつけることもできただろう。思い出していただきたいが、モリーはすべてのウィを思い出し、これらすべてのウィをとおして自分自身を思い出すのであって、しかも、これらすべてののウィはまさにいい匂いのするもの、すなわち香りへの同意なのである。「彼は頼んだの／そう《イエス》／山に咲くぼくの花よ［ブルームという名は花の意味で、局留めの郵便葉書に記された偽名である花《フラワー》がここで香りを放っている」／イエスと言ってくれないかと／そしてあたしは腕を彼の首のまわりにまわしてから彼をぐっと胸に引き寄せたの／あたしの乳房の匂いを／そう《イエス》／たっぷり吸い込めるように／そう《イエス》……」書物の冒頭でベッド、椅子、ウィが登場するが、それらもやはり匂いに訴えている。「紅茶のたてる柔らかい湯気、漂うパンのいい匂い、バターをじゅうじゅういわせて。ベッドをあたためている彼女の豊満な肉体に近づこう。そうだ、そうしよう（Yes, yes)」(63)。

「ええ、いいことよ」（Yes, I will）は同語反復のように見える。とすれば、それは、初めに言われたウィが呼び求め、前提としている反復を展開しているにすぎないし、この初めのウィも結局は《I will》としか語っていない、いや、《I will》という意味での《I》としか語っていないことになる。しかし、もう一度言うが、ブルームが薬局に行ったときのことを思い出していただきたい(86)。彼は香りのこと思い出して自分に語りかける。「……皮膚が一重しかなかった。そうそう、レオポルド。ふつうはわれわれの皮膚は三重だというのに。」その一行下には、「それでもひとは香水をつけたがる。あなたの奥さんはどんな香水を？『スペインの肌。』あのオレンジフラワーの」とある。ここから彼の夢想は風呂へ、マッサージへと移っていく。「蒸し風呂。トルコ式。マッサージ。垢がまるまって臍のなかで固まる。きれいな女の子がやってくれるとますますいいんだが。それにどうやらおれは、そうだおれは。風呂のなかであれをやろう。」いつもそうしてきたように、だからといってそうした抜き出しを行う権利があるわけではないのだが、ここから、

「それにどうやらおれは、そうだおれは」〔それにおれはおれを考える、そう、おれのことを〕（*Also I think I. Yes I.*）の部分を抜き出してみよう。そうすると、最小の命題〔節〕が、それも《*I will*》と等価な命題が得られるが、この命題は、どんなわれ思う（コギト）のうちにも、思考、自己措定、自己措定への意志として含まれたウィの異質的 - 同語反復をあらわにしている。たしかに、これは臍ないし中心の場面「再び臍の緒」の場面ではある。また、「そうだおれは」（oui-je）と言いつつ、ブルームは自分をマッサージし（se masser）、自分を洗い（se laver）、自分を取り戻し（s'approprier）、愛撫をもたった独りで行いながら自分を清潔に〔自分固有のものに〕する（se rendre propre）ことを想像している。こうした過剰にナルシス的で自己愛的な見かけにもかかわらず、ウィは他人へと差し向けられ、他人のウィに訴えることしかできない。ウィは応答することから始めるのだ。もう時間がないので、より電報的なやり方で急ぐことにする。《I think I. Yes. I》のフランス語訳には大きな欠陥がある。というのも、この部分の訳は、《Je pense je》でも、*je* pense le *je* でも le *je* pense *je* でもなく、《Je pense aussi à. Oui, je》〔おれはそのことも考えた。そうだおれは〕となっているからだ。そのすぐ後に続く《curious longing I》〔おかしなことに焦がれるおれ〕は、フランス語訳では、《Drôle d'envie que j'ai là, moi》〔おれは本当におかしな願望を抱いている、このおれは〕となっている。応答、他人のウィが余所からブルームに到来して、彼を夢想から引き剝がすのだが、他人のウィはここでは薬剤師のいささか機械的なウィのかたちをまとっている。「そうです（Yes, sir）、と薬剤師が言った」——薬剤師は二度もこの言葉で、ブルームに必ず支払いに来るよう告げている。「そうです（Yes, sir）、と薬剤師が言った。ごいっしょで結構です。後でいらしたときに。」いい香りの漂う風呂や清潔な体やぬるぬるしたマッサージの夢想は、ブルームが「これは私の体である」という言葉をキリストをまねて反復するところまで続くのだが、この反復のおかげで、ブルームは主によって聖油を塗られた者〔イエス・キリスト〕のように享楽しながら、十字を切る（se signer）のである。「さて風呂を楽しもう。きれいな浴槽に、さわやかなエナメル、そして穏やかな微温の流れ。これが私の体である」（88）。続く段落はキリストの塗油に（「いい香りのする溶けかかった石鹸の油を塗られて」）、臍と肉体にふれている（「彼の臍、肉のつぼみ」、それは母親から切り離されて残った臍の緒の更にその残りである）。そして、この章は、またしても「花《フラワー》」という語で、ブルームのもうひとつの署名で締め括られる。「物憂げに漂うひとつの花。」

香りにまつわる長い回想が「ナウシカア」のなかで繰り広げられる。それはモリーへの貞節のふるまいであって、このふるまいは「そうだ（Yes）、彼女の香水の匂いだ」という言葉で始まり、香りの文法のごときものとして言明される。

ウィによるこのような自己措定は周遊の全行程に沿って絶えず繰り返される。ただし、そのつど異なるものとして。さまざまな場所でそれは繰り返されるのだが、そのうちのひとつ（私がそれを引用するのは、それが、A. E. I. O. U. が出てくる何箇所かのひとつのすぐ近くに位置しているからだ）、それは「私・ぼく」（I）を「諸形相の完全実現《エンテレキー》」と名づける場所である。しかし、ここでは、《I》は「言及」されると同時に「使用」されている。すなわち、「しかし、ぼくは完全実現で形相のなかの形相で、つねに変転する形態をまとうがゆえに、記憶によってぼくであるのだ。

「罪を犯し、祈り、断食したぼく。

「コンミー神父が鞭打ちの罰から救ってくれた子供。

「ぼく、ぼく、そして、ぼく、ぼく。

「A. E. I. O. U.」(190)

少し後には、「ともかく彼女の亡霊は永遠の眠りについている。彼女は生まれる前に死んだ、少なくとも文学にとってはね」とある。亡霊とフランスのハムレット〔フランスのある田舎町で上演された「ハムレット」〕を核とした場面で、ハムレットについては「自分のことを書いた本を読みながら」とある。そこでジョン・エグリントンはフランス人たちについて言う。「ああ《イエス》（…）、たしかに優秀な民族なんだが、事と次第によるとうんざりするほど近視眼的だから」(187)、と。

他の箇所、「ナウシカア」の末尾では、ブルームは砂に文字を書きかけて消してしまう。

「彼女にメッセージを書こう。消えないで残るかもしれない。でも何て書く？

「私は（I）
（…）
「である（AM. A）」（379）

ウィもしくはアイ（Ay）のなかでの自己措定は、しかしながら、同語反復的でもナルシシズム的でもないし、それはまた自我論的《エゴロジック》なものでもない。たとえそれが循環的な再所有の動き、オデュッセイアを始動させ、このオデュッセイアが、これら特定の様態すべてに場所を与え、それらを引き起こすとしても。この自己措定は円環を開始させ〔傷つけ〕（entamer）ながらも、円環を開かれたままにする。同様に、それはいまだ行為遂行的なものではないし、いまだ超越論的なものでもない。他方では、この自己措定は一切の行為遂行性によってア・プリオリに前提とされ、一切の事実確認的な理論によって、一切の知識と一切の超越論性によって前提とされ続けているのだが。同じ理由で、それは存在論に先立っている。もっとも、存在論が存在するものもしくは存在するものの存在を語るとして、だが。存在についての言説はウィという応答責任（responsabilité）を前提としている。ウィ、一度言われたことは取り消せない、存在の呼びかけに私は応答する、もしくは、存在の呼びかけに応答がなされた、といった具合に。相変わらず電文体で急ぎながら、私はここで、ウィとウィ・リールの可能性をある場所に位置づけることにしたい。そこでは、超越論的自我論、存在的－百科全書、思弁的大論理学、基礎存在論、存在の思考が贈与と送付の思考へと開かれていくのだが、これらのものは贈与と送付の思考を前提としつつも、それを組み込むことはありえない。私にはこの論議を更に展開することはできない。ただ、本当はそれが必要だし、別の箇所では私はそれを行ったのだが。私としては、そうした話題を、郵便葉書、手紙、小切手、遠隔蓄音機《テレグラモフォン》、電報など、『ユリシーズ』の郵便的送付のネットワークに係わる話題として、われわれのこの行程の端緒で語られたものに結びつけるにとどめたい。

ウィの自己肯定は、ウィが自分のことを自分で思い出すことによってのみ、自分にウィ、ウィと言うことでのみ、他人へと差し向けられうる。このような普遍的前提の円環はそれ自体ではかなり滑稽なものだが、それは自己から自己への送付、自己から自己への送り返しのごときものであって、自分から離れることが決してないのと同時に自分に達することも決してない。モリーは自分に語りかけ（見かけでは、彼女はやはりたったひとりで自分に向かって話している）、思い出す。ウィと言うよう自分に頼んでくれと他人に頼みつつ、自分がウィと言ったことを。彼女は、彼女自身のなかの他人に応答しつつ、ウィと言うことで始め、ウィと言うことで終えるのだが、ただしそれは、他人が彼女に、そう、ウィと言ってくれと要求するなら、自分はウィと言うつもりだということを他人に語るための応答なのだ。こうした送付と送り返しは依然としてスコラ的論法における問い／答えの状況を模倣している。このように「自己自身を自己自身へと送付すること」をめぐる場面、われわれはそれが『ユリシーズ』のなかで何度も繰り返して演じられるのを眼にしてきた。文字どおり郵便的な形式をまとって。しかも、そこにはいつも嘲弄の徴しが刻まれていた。この送付が幻想にすぎず、失敗に終わるかのように。円環は閉じられてはいないのだ。時間がないので、数多くの例のなかから三つの例を挙げるにとどめる。まずはミリーの例だ。ミリーは四歳か五歳のとき、自分自身に愛の言葉を送るのだが、そのとき自分を「姿見」(looking glass)〔霊魂を意味するプシュケにも姿見の意がある〕に譬えている(「ああ、ミリー・ブルームよ……『きみはぼくの姿見だ』)。愛の言葉を自分に送るために、ミリーは「茶色の紙片を何枚かに折り畳んで郵便箱のなかに」入れた。少なくともフランス語訳ではそうなっている(「彼女は自分に送った」(Elle s'envoyait)、と。英語のテクストではそこまで明瞭には書かれていないのだが、それには触れないでおこう)。次にモリーについてだが、彼女は切手蒐集家の娘だから、ブルームと同様に、ジョイスと同様に、すべてを自分に送付する。ただ、この送付は、どのようにして彼女が実際に何枚かの紙片を郵便で自分自身に送ったかを文字通り物語る場面の意味のなかに、中心紋〔入れ子構造〕として再記入されているのだが。「何年にも思われるほどずっと生身の人間から手紙をもらわなかった／私がときどき自分当てに送った、数枚の紙片の入った手紙の他は……」(678)その四行前では、彼女は彼に追いやられ(envoyée)、「追い出されて」(*renvoyée*)いる。「……だけど彼は私がその場にいても少しもうろたえることなく私を部屋から追いやるの／何かしら見え透いた言い訳をして……」

7

だから、自分に送付（s'envoyer）しなければならない。そして最後には、ウィと言ってくれるような誰かを自分に送付しなければならないのだが、ただ、ウィと言うためには、フランス語特有の表現や隠語が、《s'envoyer》、つまり《s'envoyer soi-même en l'air》〔激しい性的快楽を味わう〕、《s'envoyer quelqu'un》〔誰々と寝る〕の見出しのもとに隠れた意味として示唆《バベリゼ》していることを知る必要はない。父が自分と同一実体の息子の種を自分に送付すると想像する場合——「……唯一の産みの親から唯一の子へと引き継がれる神秘的な身分であり、使徒的継承……」——、《s'envoyer》には処女なる聖母という迂路はほとんどありえない。この引用文は「母の愛」（*Amor matris*）をめぐる数々の箇所のひとつである。「母の愛。〔「の」は〕主語的属格でもあれば目的格属格でもあるのだが、それは人生でただひとつの真実かもしれない。父であることなど法律上の虚構かもしれない。」私が挙げる第三の例はこの箇所の少し前にあり、「自分が嘲笑した者にやがて仕えることになるだろう」のすぐ後に続く次の箇所である。「自分自身を産む神（He）、中間者なる精霊、そして自分自身を、贖い主として、自分自身と他の者たちとのあいだに送る神、また彼は……」(197)。二頁後には、「電報だ！　と彼〔バック・マリガン〕は言った。すばらしい思いつきだ！　電報とは！　法王の教書だ！

「彼は明かりのついていない机の片隅に腰をおろして、嬉しそうに大声で読み上げた。

「――センチメンタリストトハオコナイシコトニバクダイナオイメヲオウコトナクキョウジュスルモノナリ。署名：ディーダラス」(199)

より格言的で電報的であるために、結論として述べておくが、「自分に送る」(*s'envoyer*) というユリシーズの円環は、それに応える「然りの笑い」を、過剰記憶による再所有という狡猾な操作を必要としており、そのとき、署名――それは自分自身を集摂するために、送付を自分のもとで集摂する――の幻想が勝利を得る。けれども、これは単にリズムに係わる問いなのだが、円環が開かれ、再所有がみずからを放棄するとき、送付の鏡像的集摂が、それぞれ唯一無比な数限りない送付の多様性のうちに嬉々として散逸するとき、そのとき、他なるウィが笑う、そう、他人が、ウィが笑うのである。

ここでようやく、ひとつのウィから〈他者〉へ、ひとつのウィから他なるものへ、ひとつのウィから他のウィへの連関が出てくるのだが、そうした連関は二つのウィのあいだの感染が不可避であり続けるような連関でなければならない。このことは単に脅威なのでは決してなく、好機でもある。語を伴うにせよ伴わないにせよ、最小の出来事として聴取されたウィは、ア・プリオリにその反復を、記憶へのその刻印を要求する。つまり、ウィへのウィは「最初の」ウィの到来のうちに住み着いていて、だから、「最初の」ウィとはいってもそれは決して単に始原的なものではないのだ。ウィと言うためには、もうひとつのウィのうちで連署されたものとしてそれを確証し、それを思い出し、それを保持すると約束しなければならない。約束と記憶が、記憶するとの約束が不可欠なのだ。モリーは思い出し、自分を思い出す〔自分にまた電話する〕。

約束のこの記憶は再所有の円環の発端となるが、そこにはさまざまな危険が伴っている。機械化された記録や蓄音機〔書字音声性〕のように、技術の恩恵を受けてウィが機械的に反復されるようになると、約束の記憶は幻影と化し、宛て先と行き先を奪われた彷徨が生じかねないのだ。ウィは記憶に委ねられ・預けられなければならない。ウィは要求という非対称的な事態のなかで他者から、それも、ウィと言ってほしいと頼まれた他者から到来するのだから、ウィが委ねられ・預けられるのは他者の記憶、他者のウィに、他なるウィであることになる。先に述べたような危険はすべて、ウィの最初のひと息からしてすでに予感されていたのだ。最初のひと息は他者のひと息にぶら下がっており、つねに、すでにして第二のひと息なのだ。声の届くかぎり、視界の及ぶ限り、最初のひと息は第二のひと息でありつづける。あらかじめ、「墓のなかの蓄音機」のごときものに接続させられているのだ。

双生児のごとき二つのウィを切り離すことはできないが、それでいて、二つのウィは互いにまったく異なるものにとどまる。シェムとショーン、エクリチュールと郵便のように。こうした連結は『ユリシーズ』の署名ではなく、ある出来事の振動を保障しているように私には見える。要求するにしか至らず、要求することでしか到来しない出来事の振動を。振動とは「然りの笑い」のいくつもの音調、そのいくつもの性質のあいだの微分的振動のことなのだが、これらの音調や性質は、自己から自己への唯一の送付もしくは委託（consignature）の不可分な単純さのうちで固定されることなく、他者の連署に訴える。まったく他なるエクリチュール、他なる言語、他なる特異性のなかで、他なる響き〔切手〕をもって響いているウィに訴えるのだ。

あなたがたに、ジョイス研究の共同体に話を戻そう。ジョイス研究のある部門が、エリヤ教授ないし議長（チェアマン、チェアパーソン）の権限で、私の講演を試験的に試してみることを決定し、ある「プログラム」を制定したと仮定してみよう。そして、この「プログラム」の最初の段階が、『フィネガンズ・ウェイク』におけるウィに移るに先立って、『ユリシーズ』におけるウィの大類型学を一覧表として造り上げることにあると仮定してみよう。議長はこの課題に見合うN世代コンピュータを購入することに同意を与える（議長 chair はつねにウィと言う、肉体 chair はつねにウィと言う）。約束された操作が完了するのははるか先のことだろうから、私としては、みなさんの時間をいただいて、鉛筆を手に私が数えたことをみなさんに詳しく述べておきたい。

原本で《yes》と記されている箇所を機械的に数えたところ、全部で二二二以上あった。その四分の一以上、少なくとも七九個は前述のモリーの独白のなかにあるのだ！　フランス語訳ではもう少し多かった。というのも、原文では《yes》と記されていないにもかかわらず、リズムを整えるための語や文やちょっとした間（ay, well, he nodded など）[1]も、実際の翻訳では時に《oui》と訳されているからだ。言語によって計算の結果がちがうのは必然的な事態だが、『ユリシーズ』で使用された数々の言語については事情は特別であろう。たとえば、原文フランス語の《mon père, oui》はどうすればよいだろうか。あるいはまた、《*O si certo*》〔ああ、そうだとも（オー・シ・チェルト）〕はどうすればよいだろうか。そこでの《*oui*》〔si〕は、悪魔の誘惑、精神をして《non》〔否〕と言わしめる誘惑に限りなく近いところに位置しているのだから（「おまえは悪魔に祈っただろう（…）。ああ、そうだとも！　魂なんか売り払っちまえ、あれと引き換えに」(46)）。このように、明らかに *oui* であるのに、英語ではないという理由で、それが差し引かれてしまうという実に危険な落とし穴があるのだが、議長はそこで諦めずに、コンピュータには不可能な二つ課題を決定し、約束することだろう。少なくとも、今日のわれわれが思い描き、操作できるようなコンピュータには不可能な二つの課題を。すでに私が語ったすべての理由で二つの課題は不可能な課題なのだが、これらの理由を私は二つの大きな類型に整理してみたい。

一、あくまで仮説として述べるが、多数の基準に即してさまざまな種類のウィを整序することもできただろう。私はウィの様態として少なくとも十個のカテゴリーを見つけた(2)。このリストは完結することがありえない。ウィが明らかな独白、自己自身の内なる他人への応答のうちに現れるか、それとも明らかな対話のうちに現れるかに応じて、各々のカテゴリーが更に二つに分割されることもあるのだから(3)。加えて、このようにウィの様態と称されるものにあてがわれた相異なる音調をも勘案しなければならないだろう。それが英語であっても、他のどんな言語であっても。仮にコンピュータの読み取りヘッドに適切な指令を与えて、声の調子のこうした変化をいかに微妙な変化でも識別できたとしよう。そのことからしてすでに疑わしいのだが、仮にそうだとしても、ほとんど超越論的な「然りの笑い」の残余による一切のウィへの過剰な刻印は、二進法的論理によって司られた割り出し法ではそれを見分けることはできない。相異なる性質の二つの「然りの笑い」は抗し難い仕方で互いに呼び合い、互いに含み合う。二つの「然りの笑い」は共に、署名された約束を要求すると同時に、それを危うくするのだから。一方は他方と重なり合う。とはいえ、計算可能な現前としてではなく、幽霊《スペクトル》として。記憶のウィ、要約的統御にして反応的反復であるような記憶のウィがただちに、軽やかに身を踊らす肯定のウィ、贈与へと開かれた肯定のウィと重なり合うのだ。逆に、二つの応答ないし二つの責任は互いに係わりつつも、そのあいだにはいかなる連関も存在しない。それら二つは署名するが、しかしながら、署名がひとつに集摂されるのを妨げる。それらはもうひとつのウィを、もうひとつの署名を呼び求めることしかできない。しかし他方では、二つのウィは双生児のように、お互いに相手の幻であるほどに類似しているはずだから、どちらか一方のウィが他方のウィの蓄音機的な繰り返しであると決定することはできない。

この振動を、私は『ユリシーズ』の奏でる音楽そのもののように聞く。コンピュータはすでにわれわれのあらゆる需要に応えてくれているが、この音楽の錯綜せる機微を拾い出すことは現在の電子計算機には不可能だ。未曾有のコンピュータが登場して、『ユリシーズ』の音楽に自分自身の楽譜を加え、そこに『ユリシーズ』の音楽とは異なる自分自身の言語とエクリチュールをもそこに組み込もうと試みるなら、その場合にのみ、このようなコンピュータは『ユリシーズ』の楽譜に応え、それに匹敵することができるだろう。ここで私が言ったり書いたりしていることは、未曾有のコンピュータというこの来たるべき台本《テクスト》をめざしたひとつの提案であり、小さなピース〔小曲〕でしかない。

二、以上のことから、論議の第二の形式が導かれる。「議長」〔生身の人格〕によってコンピュータないし組織に命じられた操作、そのプログラムは実はそれ自体がウィを前提としており、私以外の人々はこのウィを言語行為と呼ぶかもしれないが、言語行為と呼ぶことができるとするなら、それは、『ユリシーズ』の数々のウィという出来事ならびにその呼びかけに、ウィという出来事の構造のうちにあって呼びかけを発するものあるいはそれ自体が呼びかけであるものに何らかの仕方で応答しつつも、分析されている資料体に属するとともに属さない、そのような言語行為であろう。議長〔生身の人格〕が発するウィは、それが誰であれ、『ユリシーズ』について書く者のプログラムが発するウィと同様、何らかの仕方で応答し、連署しているのだが、このウィそれ自体が呼び求める数々のウィと同じく、それらは数え上げられることも、差し引かれることもない。不可能であることが明かされたのは二進法だけでない。二進法が不可能なのと同じ理由で、全体化、円環の閉鎖性、ユリシーズの帰還、ユリシーズそのもの、そして、不可分な何らかの署名を自己に送付することもまた不可能であると明かされたのである。

ウィ、ウィ、これこそが笑いの種なのだ。ひとは独りでは笑わない、同じ抑圧の何かを分割・共有することなしにはひとは決して笑わない、とフロイトは適切にも言っている。

むしろ、ウィ、ウィは思考すべきものを与えるのと同様に笑うべきものを与えると言うべきだろう。それも、まったく単純に、笑いを超えて、ウィを超えて、ウィ／ノン／ウィを超えて、弁証法につねに転換可能な自我／非自我を超えて与えるのである。

それにしても、香りで署名することができるだろうか。

ある出来事をすでに到来したものたらしめるためには、他なる出来事が、いや、他なる出来事のみが署名し、連署することができる。無邪気にも最初のと呼ばれているこの出来事は、他の出来事、すなわちまったく他なる出来事が確証されることでのみ肯定されうる。

　他なるものが署名する。ウィは果てしなく生起する。何度となく。ミセス・ブリーンの言った「イエス、イエス、イエス、イエス、イエス、イエス、イエス」、一週間に当たるこの七度のウィよりもはるかに多く、また、それとはまったく別の仕方で。因みにミセス・ブリーンは、ブルームがマーカス・ターシャス・モーゼスとダンサー・モーゼスの話をするのを聞いて言ったのだ(437)。「ミセス・ブリーン：(熱心に) イエス、イエス、イエス、イエス、イエス、イエス」、と。

　私はここでやめる決心をした。というのも、東京からの帰り、空港を離れてわが家に戻っていたとき、私は車を運転しながらこの最後の文を走り書きしていて、危うく事故を起こしそうになったからだ。

(1) いくつかの例をここに挙げてみよう。13-16 : oui の単なる付加。39-42 : I am → oui, I will → oui. 43-46 : ay → oui. 90-93 : well but → oui mais. 93-96 : O, he did → Oh mais oui. 100-103 : I believe so → je crois que oui. 104-108 : O, to be sure → Oh mais oui. 118-121 : nodded → fit oui de la tête. 120-123 : Ay → oui. 125-128 : So it was → pardi oui. 164-167 : I believe there is → Je crois que oui. 169-172 : thank you → oui merci. ay → oui. 171-174 ay → oui. 186-189 : marry, I wanted it → oui-da, il me la fallait. 191-194 : —Yes, Mr. Best said youngly → Oui. Un oui jouvênile de M. Bon. 195-199 : Yea → oui-da. 199-203 : o yes → Oh si. 210-214 : Ay

→ Oui da. 213-318 : very well indeed → Oh oui. 220-224 : Ay → Dame oui. 237-242 : she nodded → Elle fit oui. 238-243 : Hold him now → Oui, essayez voir. 250-256 : Ay, ay → Oui, oui. 261-266 : hokd him now → oui, essayez voir. 262-268 : Ay, ay, Mr Dedalus nodded → Mais oui, mais oui. 266-271 : But...→ Oui, mais. 272-277 : o, certainly is → Oui, certainement. 277-281 : Ay do → Oui, chantez.... 285-289 : Ay, ay → oui, oui. 294-299 : ay → oui, ay → oui. 305-309 : So I would → Ben oui pour sûr.（複雑な統辞法）309-313 : Ay → Ah oui. 323-328 : ay → oui. ay → oui. 330-335 : That'so → oui. 331-336 : well → oui. 346-351 : so I would → oui. 347-352 : nay → oui. 363-367 : what!→ oui! 365-370 : devil you are → Sapristi oui, see!→ oui! 374-377 : Looking out over the sea told me → Elle regardait la mer le jour où elle m'a dit oui. 394-397 : ay → oui da. 429-431 : I suppose so → Je crois que oui. 475-473 : I say you are → je dis que oui. 522-518 : o, I know → Oui, je sais. 550-546 : Why → Ben oui. 554-550 : ay → Oui. 557-552 : ay, ay → si, si. ay, ay → si, si. 669-666 : well → oui. but of course → oui bien sûr. 687-684 : ay → oui. 699-694 : of course → bien oui. 706-701 : say they are → le disait oui.

　このとおり、五〇以上のさまざまな型の移動がある。それについて体系的な類型学を試みることができるだろう。

(2)　たとえばこうだ。一、疑問形の oui : oui? Allô? ——《Yes? Buck Mulligun said. What did I say?》(14-12)。二、独白のなかで自分自身に同意しながら、リズムをつけるためにひと呼吸おくための oui ——《Two in the back bench whispered. Yes. They know...》(27-30)、《Yes, I must》(44-40) など。三、服従の oui ——《yes sir》(44-40)。四、事実に同意を示す oui ——《O yes, but I prefer Q. Yes, but W is woderful》(46-42)。五、ひと呼吸おく oui で、乗り気で何かを欲している——《Be near her ample bedwarmed flesh. Yes, yes》(63-60)。六、やはりひと呼吸おく oui で、計算し、正確な値を出し、それに決定を下そうとしている——《Yes, exactly》(81-78)。七、慇懃無礼な oui ——《Yes, yes》(88-85)。八、すぐ前で言われた言葉を支持し是認する oui ——《Indeed yes, Mr Bloom agreed》(103-100)。九、明らかな同意の oui ——《Yes, Red Murray agreed》(119-116)。一〇、確信を表す oui ――《Yes, yes, we went under》(135-131)。このリストは本質的に未完結であるが、独白と対話との明白な区別は、oui のこの一覧表のどこかに分類するのが非常に困難なすべての寄生的なウィや接ぎ木的なウィにも有効かもしれない。

(3) つまり、不可能な囲い(clôture)なのだ。不可能な囲いはジョイス研究の制度に対して、新しく、また動揺を惹起するような数々の問いを開き示す。それにはいくつもの理由がある。まず第一は、われわれが oui の構造についてたった今述べたことである。第二は、ある時からジョイスが、「前《プレ》-テクスト」といわゆる完成され出版された作品とのあいだに新たな連関を意地悪くも設けたことである。彼は自分の過去の原稿類を、その記録保存所を監視下においた。今ではよく知られていることだが、ジョイスはある時から、「進行中の作品」の原稿類がいかに大事に扱われるかを自覚して、その一部分をそのまま作品たらしめ、草稿、下書き、概要、校正、異文など、いわゆる工房の仕事を保存し始めた(ここで、ポンジュの『牧場の製作所』や『テーブル』の草稿のことを想起してみよう)。そういうわけで、彼は「校了」の時になっても最後の署名をできるだけ延期しようとしたのだ。彼は、何世代にもわたる大学の研究者たちや、彼の「開かれた作品」〔ウンベルト・エーコ〕の擁護者たちに、新たな仕事を、それも原理的には無限の仕事を遺した。死後、偶然のなすがままに「発生論的批評」産業に委ねられるよりもむしろ、彼は、こう言ってよければ、あからじめ自分で、その批評の枠組みを構築し、その道行きや袋小路をプログラムしてしまったのだ。執筆の通時的次元、数々の異文の編入、というか付加、著作の手書き原稿、更には「校正刷りのいたずら」や「誤植」に至るまでが、作品の本質的契機を示しているのであって、「これは私の作品・体(コルプス)である」に偶然に付随したものを示しているのではないのだ。

「私は疲れ切っているし、見捨てられている。それにもう若くない。私はいわば追加料金の必要な手紙をもって、それをいまだ投函しないまま、人間の生命の集配を取り扱う総合郵便局の夜間用郵便箱の前に立ちつくし、遅きに失したかのようなのだ。」

訳註

〔1〕「ナルシシズムへの権利が復権されねばならない」（『眼差しの権利』）というみずからの言葉について説明を求められたデリダは、「『ナルシシズムなるものは存在しない』」（一九八六年三月二二日）と題された対談でこう答えている。「ナルシシズムなるものも非‐ナルシシズムなるものも存在しない。存在するのはただ、程度の差はあれ、ある程度は物分かりがよく高邁で、開放的で懐の広い複数のナルシシズムだけである。非‐ナルシシズムなるものは総じて、非常に愛想がよく歓待的で、他なるものとしての他なるものの経験へと開かれたナルシシズムの経済（エコノミー）でしかない。私が思うに、ナルシス的な再所有の運動なしには、他なるものへの関係は完全に破壊されるだろう。それはあらかじめ破壊されるだろう。」（*Points de suspension*, Galilée, 1992, p. 212）

〔2〕「戦争」（guerre）という主題については、「ポレモス」〔戦争〕をめぐるヘラクレイトスの断片五三ならびにそれを取り上げたハイデガーの『形而上学入門』の次の一節を参照されたい。「戦争（ポレモス）はなるほど万物（現有者）にとって生産者（発現させるもの）ではあるが、しかし（また）万物にとって支配する保護者でもある。すなわち、それは一方のものどもを奴隷にして、他のものどもを自由民として（取り出して）設置する。／ここで用いられているポレモスは、神的なものおよび人間的なもののすべてに先立って支配している争いであって、人間的な仕方による戦い（クリーク）ではない。ヘラクレイトスによって思惟された闘争（カンプ）は、現成するものを、まず対抗において相互に分離せしめ、それに現存のなかでの位置と存立と等級とを初めてあてがう。このような相互分離のなかで、裂け目と隔たりと遠さと接続（フーゲ）が開示される。相互‐抗争において世界が生じる。」（『形而上学入門』平凡社ライブラリー、一〇七頁、引用の都合上、訳文を若干変更させていただいた。以下の引用についても同様）

〔3〕手紙・文字（lettre）という主題も含めて、本書では全編にわたって、ラカン――ジョイスのもうひとりの愛

読者——のことが暗に意識されているように思えるが、この表現（là où c'était...）も、フロイトの『新精神分析入門』にいうWo es war, soll ich werden〔それがあったところに、われは成らねばならない〕に、ラカンが『エクリ』であてた数ある試訳のうちのひとつ、たとえばlà où c'était, là comme sujet dois-je advenirを想起させる。

〔4〕これらのドイツ語ならびに「思惟」「記憶」「保持」(Verwarhrung)「真理」の連関については、一九五一—二年度のハイデガーの講義『思惟とは何の謂いか』(四日谷敬子訳、創文社)を参照されたい。

〔5〕バベルはバビロンの呼び名としては固有名詞だが、「神の間」(バブ・イリ)を意味するものとしては普通名詞であって、ヘブライ人たちは更にそれを「混乱させる」(バラル)という語と結びつけた。

〔6〕該当箇所を引用しておく。「徹底的多義性(équivocité)が歴史を、『縛られた』理念性のもつ夜の伝え難い豊かさのなかに沈めることによって禁じるとすれば、絶対的一義性(univocité)それ自体も、際限のない反復の貧しさのなかで歴史を不毛にし、あるいは麻痺させる以外の結果はもたないだろう。生成のある深さとある過去の隠蔽をつねに証示する、そのような多義性を前にして、文化の記憶を、一種の(ヘーゲル的意味での)想起Errinerungのうちで引き受け、内面化したいと思うときには、二つの試みのいずれかを選ぶ自由がある。ひとつはJ・ジョイスの試みに似ている。すなわち、世界内的文化の全体によって、それらの諸形式(神話、宗教、科学、芸術、文学、政治、哲学、等々)の最大の天才性において、個々の言語的原子、個々の言葉、個々の語、個々の単純命題の魂のなかに埋もれ、蓄積され、混じり合った諸志向の最大の潜勢力を、ありうべき最大の共時態として併置する言語のうちで、多義的なもののまさに全体を反復し、これを引き受けること。共通な意味の核にもとづいてある言語を他の言語に翻訳するのではもはやなく、あらゆる言語を同時に貫いて循環し、それらのエネルギーを蓄積し、それらの最も密やかな共鳴(consonance)を実現し、それらの最も遙かな共通地平を暴き出し、連合的諸綜合を逃れる代わりにそれらを練成し、受動性の詩的価値を再発見するエクリチュールの、普遍化された多義性のうちに、経験的文化全体の構造的統一を現れさせること。要するに、このエクリチュールは多義的なものを括弧で括って働きの外に置き、『還元する』代わりに、その数々の多義性によって『縛られた』

文化の迷宮のごとき場のなかに決然と身を置き、これによって、可能な限り最も深い歴史的距離を、可能な限り最も顕在的な仕方で踏破し、これを再認しようとする。他の極はフッサールのそれである。すなわち、経験的言語を、その一義的かつ翻訳可能な諸要素の顕在的透明性に至るまで方法的に還元ないし貧困化し、これによって、事実におけるいかなる歴史的全体性もそれ自身では私に引き渡すことがなく、通常の意味でのどんな歴史哲学やどんな精神現象学にとってもと同様、ジョイス流のあらゆるオデュッセイア的反復にとってもすでに前提とされているような歴史性ないし伝統性を、その純粋な源泉において取り戻そうとすること。／（…）しかし、ジョイスの企ての超越論的『対応物』であるフッサールの企ても同じ相対性を経験する。前者もまた、ある反‐歴史主義、『歴史の悪夢から目覚め』ようとする意志（『ユリシーズ』）から発したものであるが（…）、それは一義性にその役割を与えることでしか成功しえなかった。このことなしには、反復としてのそのテクストそれ自体が理解不能であったろう。少なくともそれは永久に、誰にとっても理解されぬままであったろう。同様に、フッサールも、還元不能であるばかりか、次第に豊かになり絶えず再生しさえするような多義性を、純粋な歴史性のなかに認めざるをえない。」

〔7〕　トート〔ソース、テウト〕神については、プラトンの『パイドロス』(274Cff.)の以下のような箇所を参照されたい。「ソクラテス　よろしい、ぼくの聞いた話とは、次のようなものだ。――エジプトのナウクラティス地方に、この国の古い神々のなかのひとりの神が住んでいた。この神にはイビスと呼ばれる鳥が聖鳥として仕えていたが、神自身の名はテウトといった。この神様は、ほじめて算術と計算、幾何学と天文学、さらに将棋と双六(すごろく)などを発明した神であるが、とくに注目すべきは文字の発明である。ところで、一方、当時エジプトの全体に君臨していた王様の神はタモスであって、この国の上部地方の大都市に住んでいた。ギリシア人は、この都市をエジプトのテバイと呼び、この王様の神をアンモンと呼んでいる。テウトはこのタモスのところに行って、いろいろの技術を披露し、ほかのエジプト人たちにもこれらの技術を広くつたえなければいけません、と言った。タモスはその技術のひとつひとつが、どのような役に立つのかをたずね、テウトがそれをくわしく説明すると、そのよいと思った点を賞め、悪いと思った点をとがめた。このようにしてタモスは、ひとつひとつの技

術について、そういった両様の意見をテウトにむかって数多く述べたと言われている。それらの内容をくわしく話すと長くなるだろう。だが、話が文字のことに及んだとき、テウトは言った。／『王様、この文字というものを学べば、エジプト人たちの知恵はたかまり、もの覚えはよくなるでしょう。私の発見したのは、記憶と知恵の秘訣なのですから』。――しかし、タモスは答えて言った。／『たぐいなき技術の主テウトよ、技術上の事柄を生み出す力をもった人と、生み出された技術がそれを使う人々にどのような害をあたえ、どのような益をもたらすかを判断する力をもった人とは、別の者なのだ。いまもあなたは、文字の生みの親として、愛情にほだされ、文字が実際にもっている効能と正反対のことを言われた。なぜなら、人々がこの文字というものを学ぶと、記憶力の訓練がなおざりにされるため、その人たちの魂の中には、忘れっぽい性質が植えつけられるだろうから。それはほかでもない、彼らは、書いたものを信頼して、ものを思い出すのは、自分以外のものに彫りつけられたしるしによって外から思い出すようになり、自分で自分の力によって内から思い出すことをしないようになるからである。あなたが発明したのは、記憶の秘訣ではなくて、想起の秘訣なのだ。また他方、あなたがこれを学ぶ人たちに与える知恵というのは、知恵の外見であって、真実の知恵ではない。（……）」（『プラトン全集』岩波書店、第五巻）

なおデリダは、「プラトンのパルマケイアー」の第三節の題辞として、『若き日の芸術家の肖像』の次の一節を掲げている。「未知のものへの恐怖感が彼の倦怠の奥深くにしのびこんできた。さまざまな象徴と前兆への恐れや、自分と同じ名前をもち、柳の枝を編んだ翼で捕われの境涯から飛び立ったというあの鷹のような男への恐れ、そして、文筆家たちの神で、葦のペンで書き板に文字を書き、鴇（とき）のように細い頭に三日月のしるしをつけているソース神への恐れ。」（加藤光也訳、集英社ギャラリー世界の文学4）

〔8〕　一六八〇年にロンドンで創設された制度で、ロンドン市内とその近郊なら料金は一ペニーの均一制とし、料金前払いと戸別配達をその特徴としていた。しかし、このペニー・ポストは一六八三年に廃止、その後郵便料金は値上げを重ね、一八三二年に至って、重量別の全国均一料金制がR・ヒルによって提唱され、四〇年から実施された。

〔9〕「使用」と「言及」の区別については、サールの『言語行為』(邦訳、勁草書房)の次の箇所を見られたい。「1 Socrates was a philosopher(ソクラテスは哲学者であった)/2. "Socrates" has eight letters(「ソクラテス」には5箇の文字がある)/この両者を比較することによって、二つの事実が明確になる。第一の事実は、同一の語が両方の文の冒頭にあるということである。第二の事実は、その共通する単語の果たす役割がそれぞれの文においてまったく異なっているということである。すなわち、1においてはこの語は、特定の男を指示するという正常な使用をもつが、2においては、そのような正常の使用はなされず、むしろ、その語そのものが話題になっているのである。(…)/以上に指摘した区別とはすなわち、表現の使用(use)と表現への言及(mention)とのあいだの区別である。」

〔10〕「また私が〈教師たち〉のことばであるラテン語でなく、むしろ自分の国のことばであるフランス語で書いているのも、持って生まれた理性だけをけがれのない純粋なままで使う人たちのほうが、むかしの書物しか信じない連中よりも、私の意見をいっそう正しく判断してくれるだろうと思うからなのです。そして勉学と良識を兼ね備えている人たちならば、私はそういう人たちだけを私の審判者として希望しますが、ラテン語に対してそれほどひいきする偏った立場をとらないだろうと確信しておりますので、私が通俗的なことばで説明するからといってそのために私の論拠に耳をかたむけるのを拒みはしないでしょう。」(『方法序説』第六部、『デカルト全集』白水社、第一巻)

訳者解説

本書は、Jacques Derrida : *Ulysse gramophone*, Galilée, 1987, pp. 143 の全訳である。後でもう一度ふれるが、翻訳の作業は困難を極めた。訳稿をこのまま御蔵《おくら》にしたい衝動に駆られもする。だから、というわけではないが、以下、翻訳を進める過程で漠然と感じたことや関連する文献について少し綴らせていただく。読者諸氏の自由な読解を束縛する意図はみじんもない。ただ、みなさんの読解にとって何か手掛かりとなるようなことがひとつでもあれば幸いである。

「今日の時勢がこういう書を出すのに適しているかどうかは知らないが、私はただひたすら真と美の永久の静けさを求めて、少数の読者と共に、哲学と文学の小道をさまよいながら、思索し、感覚し、憧憬することを願っている」——一九四一年、戦争の真只中で出版された『文芸論』（『九鬼周造全集』岩波書店、第四巻）の冒頭で、九鬼周造はこう言っている。このあとがきの準備を始めたとき、訳者の脳裏にまず浮かんだのは、この「哲学と文学の小道」という言葉だった。もちろんジャック・デリダ（一九三〇年生まれ）だけにあてはまることではないのだが、デリダの「思考」のかたち《フィギュール》に相応しい表現であると、少なくとも訳者には思われたのだ。「小道」はまた、さまざまな川や浜辺や岬や帯地をめぐるジョイスの印象的な叙述を連想させもする。

デリダは「哲学と文学の小道」をさまよっている。ポー、ポンジュ、ブランショ、ボードレール、マラルメ、ソレルス、ジュネ、カフカ、アルトーらを次々と取り上げながら。ただ、これらの作家のなかでもジョイスは、処女論考ともいえる『「幾何学の起源」への序文』(一九六二)以降、いくつもの論考でのデリダの思考に作用を及ぼし続けているという意味では格別な作家であろう。一九五六年に高等教授資格を取得した後、特別聴講生としてハーヴァード大学に留学したときに、デリダがジョイスを貪り読んだことについては、ジェフリー・ベニントンや高橋哲哉によってすでに指摘されているが、一九九四年のヴィラノヴァ大学で開催された円卓会議で、デリダ自身がジョイスとの出会いやジョイス論の狙いについて語った言葉をここで紹介しておこう。

「今となってはジョイスについて何かを書くのは非常に困難である。が、ジョイスについて何かを語るのはもっと難しい。そうではあるが、何かを話すよう努めてみたい。ずいぶん以前になるが、一九五六年から五七年にかけて、私はハーヴァードで一年を過ごしたのだが、そこで私が行ったことはといえば、ワイドナー図書館でジョイスを読むことで、それが私を『ユリシーズ』と出会わせたのだった。それ以来、私にとってジョイスは、たったひとつの作品のなかに、代替不能な作品の特異性・唯一性のなかに、唯一で特異な出来事——ここで考えているのは『ユリシーズ』と『フィネガンズ・ウェイク』のことだが——のなかに、ひとつの文化のみならず、複数の文化、数多の言語、文学、宗教のいわゆる全体性を集摂しようとするこのうえもなく巨大な企てを表すものとなった。まさにひとつの全体性のなかに、ひとつの潜在的全体性のなかに、人間の潜在的には無限の記憶を集摂しようとするこの実現不可能な企ては、斬新で現代的な形式をまとっていると同時に、哲学的には古典的な形式をまとっている。この両面を模範的な仕方で有しているのだ。私がしばしば『ユリシーズ』をヘーゲルに、たとえば『エンチュクロペディ』や『大論理学』に譬えるのもそのためだが、ヘーゲルの企て、それは唯一の記憶の営みを通じて絶対的な知識に到達しようとする企てなのである。こうした作業は、各々の文、各々の語に最大限の曖昧さ〔多義性〕を充塡してヴァーチャルな連合を造り出し、この有機的な言語の全体性を可能な限り豊かなものにすることでしか可能にはならないだろう。もちろん、かかる企ては文学の歴史を再び集摂すると同時に、文学の歴史のうちに断絶を穿ち、そのような断絶を造り出しもする。ジョイスに関する自分の仕事のなかで、私は同時に、これらの作品の執筆が学会への、つまりは未来の文芸批評家たちやジョイス研究の制度への厳しい戒めとして機能していることを示そうとも努めた。それらは、解釈者、文献学者として機能する人々、ジョイスの署名を無類の署名として判読しようとする人々の無限の制度、そうした人々の一種の蜂の巣を造ろうとしているというのだ。この観点に立って私は、ジョイスは脱構築の歴史における偉大な道標であると考えた。ジョイスとの係わりが私にとって大事である理由もそこにある。

フッサールに関する私の最初の書物のなかで、私はジョイスが言語を扱う仕方と、フッサールのような古典的哲学者が言語を扱う仕方とを比較した。ジョイスは歴史を、歴史の凝縮と全体化を、隠喩、曖味さ〔多義性〕、比喩の集積を通じて可能にしようと欲した。他方のフッサールは、歴史性は言語の透明な一義性によって、科学的で数学的で純粋なひとつの言語によって可能になったと考えていた。伝承の透明さなしには歴史性はありえないと、フッサールが言うのに対して、ジョイスは、言語における曖昧さ〔多義性〕の集積なしには歴史性はありえないと言うのである。言語をめぐるこれら二つの解釈のあいだの緊張関係を出発点として、私は言語の問いを発しようと努めたのだった。

この討議との係わりで、私はジョイスにおける他の二つの論点にのみ言及しておきたい。ひとつはジョイスがある箇所で父性の合法的虚構と呼んだもの。スティーヴン・ディーダラスが父性は法律上の虚構であると言って、キリスト教の有名な言葉を引き合いに出す場面は、きわめてキリスト教色の濃い場面である〔本書一六四頁〕。しかし、なぜ法律上の虚構なのだろうか。なぜなら、ひとは母親が誰であるかを知っていると想定されているからだ。誰が母親であるかについては証言が可能だが、父親が誰であるかは単に再構築され、推察されたにすぎない。父親との同一化はいつも判断を諦めることである。あなたがたは父親を見ることができないのだから。今日のわれわれの経験によると、ひとり父親だけが法律上の虚構で、そこからみずからの権威を引き出しているし、また、かつても引き出してきたのではない。もっとも、フロイトは次のように言って、父親だけが法律上の虚構であることを肯定している。つまり、家父長制は人類史における進歩を具現している、なぜなら、父親が誰かを決定するには理性が必要だが、母親が誰かを決定するには感性的知覚だけでいいからだ、と。私はフロイトは間違っていると思う。そもそも彼はいつも間違ってきたのだが、ここでは、従前にはなかったほどそのことがあらわになる。というのは、この観点からすると、今日では母親もまた法律上の虚構であるからだ。母性とは解釈された何かであり、経験をもとに再構築されたものでしかない。たとえば、代理母と今日呼ばれているもの、それに、あなたがたに馴染み深い大問題はいずれも、われわれは誰が母親であるかを知らないという事実を証示している。代理母の例では、誰が母親なのだろうか。母性は単に知覚に係わることがらではないということを、今われわれは悟ったのだが、同時にわれわれは、母性はこれまでも決してそのようなものではなかったということを悟る。母親はいつも解釈に、社会的構築に係わることがらだったのだ。そこから途方もない政治的な帰結が生じるのだが、今日はそれを論じる余裕はない。ただ、時間があれば、母親の状況が父親の状況と同じであるという事実には曖昧な〔多義的な〕帰結があるはずだということを示すべく努めたことだろう。以上がジョイスのテクストについて強調しておきたかった第一の点である。

ここで私が選ぼうと思う第二の点は「イエス」〔ウィ〕に関する問いと関連している。ジョイスについての小論のなかで、私は、『ユリシーズ』のなかでいわば遂行されたものとして「イエス」という語を論じようとした。私は「イエス」をめぐる問いと結びついたすべての逆説を示そうとしたのだが、このことは、脱構築が「イエス」であり、「イエス」と結びついており、それが肯定であるという事実と係わっている。ご存じのように、「イエス」は『ユリシーズ』の最後の語である。約束としてであれ、同意としてであれ、誓言としてであれ、私が他人に「イエス」と言うとき、この「イエス」は絶対的な意味で創始的でなければならない。創始は今日の主題である。創始は「イエス」である。私は出発点として「イエス」と言う。何も「イエス」には先立っていない。このような「イエス」は起源の制定であり、それは絶対的な意味で起源的である。けれども、あなたがたが「イエス」と言うとき、あなたがたは、次の瞬間には、自分が第二の「イエス」によってこの「イエス」を確証することになるということを暗に考えてもいる。私が「イエス」と言うとき、私はすぐさま「イエス、イエス」と言う。次の瞬間、続いて明日、続いて明後日に向けてのみずからの約束を確証することを、私は約束する。これは、「イエス」がすぐさま自分自身を分割し、二重化するという意味である。あなたがたは、「イエス、イエス」と言うことなしには「イエス」とは言えない。このことは約束のなかに記憶が含まれていることを暗示している。私は最初の「イエス」の記憶を維持する。たとえば結婚式や何かを約束するときに、あなたがたが「はい、同意します」(Yes, I agree)、「そうします」(I will) と言う場合、あなたがたは「私は明日も『そうします』と言うつもりだ」、「私は将来も自分の約束を確証するだろう」ということを暗に考えている。さもなければ、約束はありえないだろう。このことは、「イエス」がそれ自身の始まりの記憶をあらかじめ維持していることを意味しているのだが、伝承はそのような仕方で動いていくのだ。もし明日あなたがたが、今日自分たちが何らかの課程を創設したことを確証しないとすれば、何ら創始はなかったことになるだろう。明日、もしかすると来年、もしかすると今から二〇年後に、あなたがたは、今日創始があったのかどうかを知ることになる。われわれはまだそれを知らないのだ。今日われわれは何かを創始する、とわれわれは主張する。しかし、誰がそれを知っているのだろうか。われわれはやがてそれを見ることになろう。このように、「イエス」は反復されねばならない。それも、即座に反復されねばならない。これが私のいう反復可能性（iterability）である。これは自分自身の反復を意味しているのだが、それは危険に満ちてもいる。なぜなら、第二の「イエス」は単にパロディや再生、あるいはまた機械的な反復でもありうるからだ。あなたがたは鸚鵡《おうむ》のように「イエス、イエス」と言うこともできる。起源の「イエス」の技術的な再生はそもそもの初めから、「イエス」の生きた起源を脅威にさらしている。だから、最初から「イエス」はそれ自身の幽霊に、それ自身の機械的な幽霊に取り憑かれている。第二の「イエス」は最初のイエスを再び創始し、再び造り上げねばならない。明日もしあなたがたが今日の創始を再び造り上げるのでなければ、あなたがたは死んでしまうだろう。だから、創始は毎日繰り返して造り上げられねばならないのである。」（*Deconstruction in a nutshell*, 1997, Fordham University Press, pp. 25–28)

　長々と引用したが、本書の理解の助けとなるような指摘が少なからず含まれた発言ではないだろうか。『「幾何学の起源」への序文』と本書以外の論考での、ジョイスへの言及については、さながら劇中劇のように、いや「中心紋」（mise en abîme）のように、デリダ自身が本書で触れているので、ここでは省略する。ただ、なぜか、一九六四年のレヴィナス論「暴力と形而上学」での『ユリシーズ』への言及には触れられていない。「閉じた円環」と「ナルシシズム」の不可能性、「ヘレネス〔ギリシャ人〕」に割礼を施すこと」（本書一二五頁）、更には「女-性《フェミニテ》」といった本書の主題とも密接に係わる箇所なので、それをここに引用しておきたい。「ユダヤ系ギリシャ人はギリシャ系ユダヤ人。両極端は相まみえる」(Jewgreek is greekjew. Extremes meet) という『ユリシーズ』の言葉を、論考の最後に掲げたうえで、デリダはそれに次のような註を付している。

「しかし、レヴィナスは、ユリシーズも、この余りにもヘーゲル的な英雄も、この帰還《ノストス》のひとも、閉じた円環も好まない。こうした英雄の冒険はいつも全体性のなかで要約されてしまうというのだ。しばしばレヴィナスはユリシーズを非難している(『全体性と無限』、『困難な自由』)。『イタケー島へ戻るユリシーズの神話に、われわれは、いまだ未知の土地に向けて永久に故郷を去り、僕が自分の息子をこの出発点に連れ戻すことさえ禁じたアブラハムの物語を対置する』(「他者の痕跡」)、と。帰還のこのような不可能性はハイデガーによって無視されているわけではおそらくない。存在の根源的歴史性、差異の根源性、還元不能な彷徨が、無でしかないような存在それ自体への帰還を禁じているのだから。だから、レヴィナスはこの点ではハイデガーの側にいる。逆に言うと、帰還という主題はかくもヘブライ的ならざるものなのだろうか。ブルームとスティーヴン(殉教者聖エチエンヌ(ギリシャ名ステパノ))、ギリシャ語を使うユダヤ人)を造り上げるに際して、ジョイスはユリシーズをセム人たらしめたヴィクトール・ベラールの仮説に多大な関心を寄せていた。なるほど、『ユダヤ系ギリシャ人はギリシャ系ユダヤ人』は、レヴィナスが激しく嫌悪した意味での中立的で匿名の命題で、リンチの帽子に書き込まれた命題にすぎない。レヴィナスなら『誰のものでもない言葉』と言うところだろう。この命題は『女の論理』と呼ばれるものに帰されている。『女の小理屈だよ。ユダヤ系ギリシャ人はギリシャ系ユダヤ人』、と。この主題について序でに指摘しておくと、『全体性と無限』は非対称性の尊重を極度に推し進めたため、同書が女性によって書かれるのは不可能、それも本質的な意味で不可能であるようにわれわれには思える。同書の哲学的主体〔主題〕は男（vir）なのである。」（*L'écriture et la différence*, Seuil, 1967, p. 228）

ヴィクトール・ベラール（Victor Bérard）とあるのは、『オデュッセイア』の仏訳者でもあるフランスのギリシャ学者（一八六四―一九三一）のことで、彼がユリシーズ＝セム人説を唱えたのは、一九〇二年に出版された『フェニキア人たちとオデュッセイア』（*Les Phéniciens et l'Odyssée*）においてだった。『ジョイスとユダヤ人たち』（*Joyce et the Jews*, Macmillan Press, 1989）の著者、I・B・ナデルによると、ジョイスは一九一七年にチューリッヒでベラールのこの著書を読んで、ユダヤ人の主人公で現代のユリシーズたらしめようとの発想を抱いたという。

＊　＊　＊

「プラトンのパルマケイアー」の発表は一九六八年、『弔鐘』と『郵便葉書』はそれぞれ七四年と八八年に出版されているのだが、デリダがジョイスに取り憑かれながらこれらの考察を展開した時期、それは、かのクルティウスによって「二〇世紀で最も重要な文学的事実」とみなされたジョイスの作品が、デリダ以外の数々の思想家たちによって取り上げられた時期でもあった。たしかに、彼らの仕事への明確な言及は本書には見られないが、たとえば本書の一七四頁には「開かれた作品」という言葉がさりげなく記されている。言うまでもなくウンベルト・エーコの一九六二年の著書の題名で、第二版（一九六七、邦訳青土社）で『ジョイスの詩学』として「本体」から独立するに至るとはいえ、同書はほかならぬジョイスをめぐる考察を含んでいた。ぜひとも本書と併せ読まれたいが、次の箇所など、本書との結びつきを否定するのはかなり困難だろう。

「ジョイスは『フィネガンズ・ウェイク』第五章で、とある堆肥置場で見つかった意味不明の、多形的であるがゆえに難解な、一通の謎めいた手紙を記述しようとする。この手紙がまさしく『フィネガンズ・ウェイク』という作品であり、結局は作品が言語という姿を借りて映し出す宇宙のイメージである。（…）〈宇宙―『フィネガンズ・ウェイク』―手紙〉はひとつの〈カオスモス〉である。」（邦訳一〇六頁）

本書で「換喩《メトニミー》」と「提喩《シネクドック》」が読解の方法として挙げられている理由も、ここでエーコが意味不明の手紙について述べているように、宇宙の一部たる作品のなかに宇宙が内包され、その作品の一部に当の作品が内包されているからだろうが、篠原資明（『エーコ』講談社）によると、エーコはまた『フィネガンズ・ウェイク』を、「利用可能なあらゆる知識をインプットされると、この知識の諸要素間に実現される新たな連結をアウトプットとして返す、一種のコンピュータ」として捉えてもいたという。しかし、これだけではない。ジョイスを論じるためにエーコが用いている語彙が今度は、もうひとりのジョイスの読者へとわれわれを差し向けることになるからだ。

「『フィネガンズ・ウェイク』でも、世界のすべてのセリーをカオス＝宇宙と連結するのは一通の手紙である」――ジル・ドゥルーズの『意味の論理学』（一九六九）の一節であるが、ドゥルーズは『差異と反復』（一九六八）でも『フィネガンズ・ウェイク』に何度も言及していて、そこでは、エーコと同じく「カオスモス」という語彙でこの作品を形容すると共に、『ユリシーズ』におけるスティーヴンの

「ノー」とモリーの「イエス」にも考察を加えている。『意味の論理学』での「カバン語」(mot-valise)――たとえばsnarkはsharkとsnakeを同時に指示するカバン語である――をめぐる分析も、本書での「語」の分割と比較するべきものであろう。

その後もジョイスの作品は、クリステヴァ(『アブジェクシオン』、『魂の新たな病い』)やジャン＝リュック・ナンシー(『哲学の忘却』)ら、デリダやドゥルーズ以後の世代に属する思想家たちによって論じ続けられるのだが、もうひとり忘れてはならないジョイスの読者がいる。ジャック・ラカンである。先に引いたドゥルーズの『意味の論理学』の一節も実は、エドガー・ポーの『盗まれた手紙』をめぐるラカンの有名なゼミナールへの言及に後続するものだったのだ。本文中でも註を付して注意を喚起しておいたが、ラカンの名は一度も挙げられていないとはいえ、本書でも暗にラカンのことを踏まえた表現が散見される(本書一一頁、七二頁など)。「悦楽」(jouissance. これをラカンはj'ouis sensとも書いて耳、聴覚と連動してもいる)、「父の名」、「隠喩」と「換喩」などの主題についても、ラカンとの関係が追求されるべきだろうが、単にジョイス読解という点にとどまらず、より包括的な思想のあり方という点でも、今後考えるべき大きな課題がここに姿を現していると言っても決して言い過ぎではないだろう(cf. Christine van Boheemen-Saaf : *Joyce, Derrida, Lacan, and the Trauma of History*, Cambridge University Press, 1999)。

ラカンがジョイスに初めて言及したのはおそらく一九七三年のゼミナールで、そこで彼は「読まれないものとして書かれたもの」とジョイスの作品を形容しているのだが、続いてラカンは、七五年から七九年にかけて、「サントーム」〔徴候〕という観念によってジョイスを論じた一連の論考を発表している。それらの論考を収めた『ジョイス――ラカンと共に』(*Joyce avec Lacan*, Navarin, 1987) ――ジャック・オベールを編者とし、ジャック＝アラン・ミレールが序文を寄せている――が出版されたのは一九八七年。奇しくも本書と同じ年に出版されているのである。ジョイスの読者、ラカンとデリダという主題については、いずれ卑見を呈示したいと思うが、ここでは、福原泰平の『ラカン』(講談社)から、ラカンのジョイス読解に係わる箇所の一部を引用するにとどめたい。

「この〔一九七五年の〕ゼミナールでは、ジェイムズ・ジョイスにおける精神病の問題がその作品の位置づけとともに問われていく。ジョイスは精神病のわが娘に異常な共感を示したり、みずからも幻聴を訴え、言語新作(世界にない新たな言語を私的に創りだすこと)を思わせる謎めいた言葉や文章をその作品の中にちりばめていたにもかかわらず、最終的に精神病を発症することはなかった。／なにゆえに、彼はみずからの人格の崩壊をその瀬戸際でくいとめることができたのだろうか。ラカンはこの解答を、先の第四の環による補塡という作用に求めている。精神病はサントーム〔想像界、象徴界、現実界という三つの環をつなぐ第四の環〕という観点からいえば、父の名の環が外れてそれによってつながれていた他の三つの環も同時に解けてバラバラになっていくことをいう。そのため、解けてゆく三つの環を引き止め、これを再度結び合わせる作用が補塡に求められる。つまり、補塡とは父の名が排除された後、その構造を解体していく三つの環の分離に新たな結び目をつけ、それを繕って主体の崩壊をくいとめていくものとしてあったのである。／ジョイスの精神病が発症しなかったのも、父の名が締め出された後、その位置に補塡の作用が働いて、サントームとしての第四の環が機能することで、崩れゆく三つの環の構造を結びなおすことに成功したからである。（…）」（二九〇頁）

ブルームは環を作り、環を解き、結び目を作り、結び目を解いた（Bloom looped, unlooped, noded, disnoded）……。かのカール・グスタフ・ユング——ジョイスの娘の主治医であると同時にジョイス論の著者でもある——と同じように（エルマン『ジェイムズ・ジョイス伝2』みすず書房、参照）、ラカンもまた、デリダにとっては「結論を急ぐ精神分析家」（本書一三一—二頁）のひとりだったのだろうか。それとも、そうではなかったのだろうか。それを決めるのはけだし、「それがあったところに、私はあらねばならない」（Wo es war, soll ich werden）という事態（フロイト『新精神分析入門』）と、「手紙・文字」(lettre) という「対象a」——ラカンは「声」をも「対象a」とみなしている——との係わりであろう。

* * *

小道《パス》に、「哲学と文学の小道」に話を戻そう。小道と戦争、小道と時勢《シルコンスタンス》、小道とさまよい《ランドネ》——。『文芸論』の巻頭を飾る「文学の形而上学」で、九鬼は、「文学は時間芸術の一つ」であるとの見地の裏付けとして、「正しく目撃され正しく解明された時間の現象の中にすべての存在学の中心問題が根ざしている」というハイデガーの言葉を引いているが、道の、途上の思想家ハイデガーであれば、この「文学と哲学の小道」をきっと「ポレモス」〔戦争〕——分割と接続と対抗——と呼んだことだろう。「ポレモス」に関する『形而上学入門』の記述を訳註で引用しておいたので参照されたいが、本書は「戦争は言葉のなかにある」(The war is in the words) というジョイスの言葉（大澤正佳『ジョイスのための長い通夜』青土社、参照）をめぐる考察であると同時に、ヘラクレイトスのいう「ポレモス」をめぐる考察である、と言っても決して誤りではあるまい。因みに、「言語戦争」はルイ＝ジャン・カルベやレイコフの語彙であり、また、「ポレモス」という観念を援用して二〇世紀の二度の大戦を考察した論考としては、デリダによって「死を与える」(Donner la mort) などで取り上げられたヤン・パトチュカの『哲学史についての異端的試論』がある。

　顧みれば、ハイデガーは、『カントと形而上学の問題』（一九二九）で「構想力」と「図式論」に分析を加えて、この「感性と悟性に共通な未知の根」（カント）のうちに、「中間性」(Mitte) ——それも底なしの「深淵」であるような「中間性」——という暗黒の主題を見いだして以来、この「中間」を、「敷居」(Schwelle) とも「線」(Linie) とも「危機的な分界地帯」(kritische Zone) とも「裂け目」(Riß) とも呼んで、それこそが「思考するべきもの」であるのに、それを「われわれはいまだ思考していない」（『思惟とは何の謂か』参照）と断じたのだった。

　デリダは、「時間と自己触発」「有限性と超越」といった主題に加えて、構想力と図式論の「中間性」という事態をも確実にハイデガーのカント論から継承したと思われる。ヘーゲルの記号論《セミオロジー》に関して論を展開したときにも、彼が着目したのは「記号 (Zeichen) とは〔感性と悟性の〕中間 (Mitte) である」という『エンチュクロペディ』の言葉だった。ヘーゲルのこの見地はおそらく、「言語批判」という観点からの「北の博士」ハーマンのカント解釈を経由したもので、図式と呼ばれるものと記号ないし言語との連関がすでにここに粗描されているのだが、デリダはというと、その後も、プラトンのいう「コーラ」〔母胎、場所〕――感性的でも叡知的でもない第三種――を「図式」と呼び、『パシオン』で「秘密」(secret) という観念を論じるに際しても、「超越論的図式論と構想力」を形容してカントが綴った「人間の心の奥底に隠された技芸」という言葉を引き合いに出している。本書の一七頁でも「図式」という語彙が使用されていることにも留意されたい。

『フィネガンズ・ウェイク』(425-25) のなかに、訳者はカントのこの言葉に似た言い回しを見いだす。「私の私物〔鉱床〕の私のなか奥深く埋もれ」(deep..., in my mine's I) という表現がそれだが、何が埋もれていると言われているかというと、それは letters にほかならない。ということは、「哲学と文学の小道」は letters, lettres〔手紙、文字〕の小道であり、それはまた「文学部 (lettres)」――手紙・文字の能力――の小道」でもあるのだ。「私」にはどのようなアドレスが、どのような文字が刻印されているのか。「文字」をここで「何も書かれていない板《タブラ・ラサ》」に結びつけることができるだろうが、その意味では、ドゥルーズやラカンによっても指摘された「手紙・文字の場所」(本書七二頁) をめぐる本書の探求は、超越論的なもの〔経験の条件〕とは何か、経験的なものとは何かという古来の問いをめぐる探求であることになろう (川口喬一『「ユリシーズ」演義』研究社出版、参照)。「私の経験」(本書七五頁) とは、「電話的経験」(本書八二頁) とは何なのか。

ところで、「ウィ」に関しては、それは「超越論的な副詞性であり、一切の動詞に伴う抹消不能な補足・代補 (supplément) である」(本書一五〇頁) と言われているが、この指摘は一方では、経験的に私が発するウィ、ひいてはいわゆる「行為遂行的言明」全般がその超越論的条件たるウィに先立たれていること、「ウィ」が「ウィ、ウィ」の反復的差異としてのみありうることを告げると同時に、他方では、ここで超越論的条件とみなされたものが実は事後的に補われた経験的なものでしかないこと、言い換えるなら、超越論的なものはつねに何らかの仕方で経験的なものに感染していて、その意味では、先の引用文（円卓会議での発言）でデリダ自身指摘していたように、「ウィ、ウィ」が単なる繰り返しにすぎなくなるその危険性をも告げてもいる。「準‐超越論的なもの」（本書一三七、一四四頁）――純粋な超越論的なものは不可能で、超越論的なものはパロディーとしてしかありえない、それが「笑い」の意味であろう――というデリダの語彙もこのような事態を指しているのだろうが、デリダはいわゆる超越論的なもの／経験的なものの差異を抹消することで事足れりとしたのでは決してなかった。

「この完璧な被覆（*recouvrement*）にもかかわらず、根底的な差異が残る。他のいかなる差異とも共通点をもたないような差異が。事実的には何も区別することなき差異であり、いかなる存在者も、いかなる体験も、特定のいかなる意味作用も分離することなき差異である。しかし、それは何も変質させることなしにすべての記号を変化させるところの差異であり、そこにのみ、超越論的問いの可能性が存しているのだ。言い換えるなら、自由それ自体の可能性が。つまりは根本的な差異であって、それなくしては、内世界的ないかなる差異も意味をもたないだろうし、また、内世界的な差異として現れる機会ももたないだろう。」（*La voix et le phénomène*, PUF, 1967, p. 10）

存在的次元では無差異として現れるようなこの差異、それをデリダは「タンパン」〔鼓膜〕とも「イーメン」〔婚姻、処女膜〕とも呼んだのだったが（本書一一一、一二八頁参照）、そうした「隠喩《メタフォール》」もまた、ジョイスからデリダに譲渡されたと考えられる。コリン・マッケイブの『ジェイムズ・ジョイスと言語革命』（筑摩書房）で引用されている箇所だが、『ユリシーズ』の第一一挿話「セイレン」——そこでは「鐘を鳴らせ」（Sonnez la cloche）という言葉が何度も繰り返される——のなかで、ミスター・ディーダラスは、ドラードのあまりの声量に、「きっと相手の女の耳の鼓膜（the tympanum of her ear）を破っちまうぜ」と注意する。すると、カウリー神父はすぐさまそれを「もうひとつの薄膜」（another membrane）に結びつけるのだが、この連想は確実に、後の場面でのブルームの夢想への導入となっている。「無表情な顔。処女だろうな、たぶん。さもなきゃあ、指で触れられただけ。その上に、頁の上に何かを書け。」

では、ブルームはどのような文字を書こうとしたのだろうか。デリダも注目している箇所だが（本書一六〇頁）、このエクリチュールは第一三挿話「ナウシカア」で、ブルームが「地面から一枚の紙切れを剝がす」と共に、砂に文字を書こうとする場面へとつながっていく。

「ミスター・ブルームは一枚の紙切れを引き剝がした。（…）手紙か？　いや、読めない。（…）／ミスター・ブルームは足もとの深い砂を静かに棒切れでかきまわした。彼女にメッセージを書こう。消えないで残るかもしれない。でも何て書く？

私は（I）

（…）

である（AM. A）

書き切れない。よそう。」

先に「手紙」が「私の私物〔鉱床〕の私のなか」にあることを指摘したが、判読不能な紙切れのように、この私が誰なのかは分からない。属詞を欠いたこの落書き——それはいずれ波に渫われてしまうのだろうが——は、埴谷雄高のいう「自同律の不快」さながら、私の私自身への帰属、私の私自身への「送付」も含めて、私が何に帰属しているのかが本質的に不確定であることを告げている。『フィネガンズ・ウェイク』の邦訳で「おばあちゃん文法」と訳されているのは gramma's grammer という語で、それが「グランマ〔文字〕の文法」、ひいては「グラマトロジー」の意であるのは明らかだが、「私は　である」という文の根底的不全性は、私たちがいまだこの文法を知らないことを示しているのではなかろうか。しかも、この不全性はふだん「署名」と称して記される文字の空白によってもたらされている。反復不能な同一性としての「署名」の不可能性。「連署」——「反署名」——の不可避性。

「私は自分が語るのを聞く」というパロールの自己再帰性が円環を描くことで逆にエクリチュールへと、非-同一性（non-identité）へと開かれていくという、『声と現象』で指摘された動きも、今述べたことと決して別のことを語っているわけではないし、本書でも「ナルシシズム」「一周航海」などの言葉と共に、全編を通じてこの動きが主題化されているのだが、「サウンドスクリプト」というジョイスの語彙も、その同義語たる商標「グラモフォン」も共にこの動きを表していると言ってよいだろう。

「グラモフォン」については、フリードリヒ・キルヒャーの秀作『グラモフォン・フィルム・タイプライター』（筑摩書房）をぜひとも参照されたいが、『ユリシーズ』に加えて、ワイマール時代の外務大臣で、暗殺されたユダヤ人政治家、ヴァルター・ラテナウに触れたくだりをここに引用しておきたい。因みに、フォノグラフの発明者エディソンも、デリダと同様、聴覚に障害を抱えていた。

「一八七八年にエディソンが『北アメリカ新聞』で、ちょうど発明されたばかりの彼のフォノグラフの有益な利用法を十ばかり予告しているのだが、そのうちのひとつは、『臨終の人の最期の言葉を』大事にするというものであった。／この世を訪れる死者をとくに大事にするこの手の『家族の記録』が、生者と死者のあいだで電話線のケーブルを行き来するようなフィクションに化けるのは、したがって造作もないことである。一九〇四年に『ユリシーズ』のレオポルド・ブルームが、ダブリンの墓地で瞑想に耽っていたときに切に望んだことは、ＡＥＧ〔ドイツの総合電気メーカー〕の社長にして未来を描く作家でもあるという、二重の役割を帯びていたヴァルター・ラテナウが、早くからサイエンス・フィクションに仕立て上げていたことであった。その小説『復活会社』では、アメリカ合衆国のダコタにあるネクロポリスという町の墓地管理会社で、一八九八年に生きたまま復活するというトラブルが何件かあってスキャンダルになったあと、この墓地管理会社が『ダコタ中央電信・電話復活会社』なるものを、己の子会社として開設する。資本金は七五万ドルで、目的はただひとつ。墓に入ってしまった者も、万一のときは公共の電話網にかけられるようにするため――これであった。死者はむろん、さっそく電話をかけてよこし、ひとつのメディア〔電話〕の内容はもうひとつのメディア〔霊媒としての死体〕であるという真理を、マクルーハンよりもはるかにはやく証明してみせた。」（二一五―六頁）

この一節は図らずも、グラモフォンや電話が、エドガー・ポーの短編におけるヴァルドマアル氏の「私は死んでいる」という叫びと結びついており、この「死」が先の「私は　である」の空白ないし「残余」（Rest）であることを示唆してもいるのだが、経験的多様性が「超越論的な私」の統一性に帰着するという構造はこうして脱構築されていく。「起源」それ自体が「分割」されているのだ。「私」を前提としたどんな応答にも先立つような超越論的「ウィ」が「然りの笑い」（oui-rire）という「準‐超越論的な残り」として捉え直され、しかも、この「然りの笑い」がある聴取（ouï-dire）として更に捉え直されているのもそのためであろう。その際デリダは、スピノザのいう「第一種の認識」（この点については後述）に思いを馳せると共に、「私から、しかし私を超えて」（*aus* mir und doch *über* mich）到来すると、『存在と時間』第五七節で規定された「それ」（Es）の「呼び声」（Ruf）を、「多元的電話性・遠隔音響性」の途方もない通信網を介しての「声のもつれ」と解したのだった。

この通信網が多対多のネットワークとみなされていることは、「ポリ・ガム」（本書一三三―一三四頁）という語の使用からも推測がつくが、系譜学の混乱（系譜学を攪乱する超低周波の振動）、撒種、嫡出子と私生児との混同、養子縁組、ギリシャ人への割礼、遺伝子交配などを本書全編を通じて強調することで、デリダは、「私」の「準‐超越論的脱‐構築」（とでも言っておこう）がこのうえもなく錯綜したもので、そこでは正系なるものが不可能であることを示唆している。それだけではない。「留守番電話」に何度も言及することで、彼はコミュニケーションにおける不在者（死んだ声）との連関・断絶を強調し、更には、「百科全書的・包括的知性」と「グローバリゼーション」という現代のバベルの塔への安易で危険な思いを打ち砕いてもいるのだ。

ブリューゲルの描くバベルの塔は「縁」で、川辺で崩壊している。この塔さながら、warのような「ひとつの単語」は複数の言語《ラング》が交わる境界線上で引き裂かれ、解体され、分割＝共有されている（因みに、柳瀬尚紀の邦訳では、And he war は「して彼はそうだった」と訳されている）。そうした意味での「ひとつの単語」の「分解可能性」を語ることができるのと同様に、「ひとりの人格」としての「私」の「分割可能性」を語ることもできる。なぜなら、「私」とは錯綜した婚姻・出会いの重奏であり、その「私」には無数の幽霊たちが取り憑いているのだから。そうした事態を私たちが「偶然的一致」「偶然の出会い」とみなすのは、この錯綜体が私たちにはあまりにも複雑だからであって、この点で本書は、『神学政治論』へのあからさまな言及に加えて、『エチカ』――特にそこでの実体と様態（個体）との関係――とも密接に係わる書物であるように、少なくとも訳者には思える。

「デリダ読み」を自称する者たちはなぜかこの点にほとんど触れていないが、ナンシーとの対談（『主体の後に誰が来るのか』現代企画社）で、「ハイデガーにおけるスピノザの締め出し」を話題にしたデリダとスピノザ、両名の関係は今後私たちが考えるべき大きな主題となるのではなかろうか。デリダの思想とメディアとの連関については、東浩紀の『存在論的、郵便的』（新潮社）、大澤真幸の『電子メディア論』（新曜社）などが興味深い議論を展開しているし、また、『電脳空間』（邦訳、産業図書）の著者ポール・ヴィリリオなどとの比較も興味深い仕事となるだろうが、ここでは、『アポリア』（邦訳、人文書院）と『歓待について』（邦訳、産業図書）からデリダ自身の指摘を引用しておきたい。

「死の、あるいは大量虐殺のあの政治空間を、そして多分 *kidnapping*［幼児誘拐］をもって始まり（例えば、自動車がなくては、郵便と電話と遠隔コミュニケーションのある種の状態がなければ、厳密な意味での *kidnapping* はない）、ナチズムのもとでヨーロッパで発達し、最近、世界的な形態をとるにいたった人質を盾にするある種の近代戦争を想起すること。」（『アポリア』一一九頁）

「われわれは先日、電子メールやインターネットによってわれわれに到来するもの、われわれに向かってやって来るものを、歓待の問題系に翻訳しようとしていました。電子メールやインターネット（…）の発達にともなう数多い変化の徴候の中でも、いわゆる公共空間の構造を根底から変化させるような徴候を特別に論じることにしましょう。（…）今日歓待に関する考察は、とりわけ闕（Seuil）や境界《フロンティア》＝国境の厳密な限界画定（délimitation）の可能性を前提としています。家族的なものと非家族的なもの、異邦人と非異邦人、市民と非市民の境界などもありますが、まず第一にあるのは、私的なものと公的なもの、私法と公法の境界です。原則的には、古典的な形式の郵便物（書簡、葉書など）は、ある国の内部や国家間を検査《コントロール》なしに通過すべきもの、とされます。（…）電話、ファックス、電子メール、それからむろんインターネットについても原則的には同様です。」（『歓待について』七九―八〇頁）

「かつては私の『我が家』も、私の電話回線がアクセスできる範囲に限られていました（…）。さて現在では、原則として不可侵であるはずの私の『我が家』は、電話回線だけではなく、電子メール、ファックス、そしてインターネットへのアクセスなどによっても構成され、それもますます本質的かつ内的に構成されるようになっています。」（同右八一頁）

「ノーと言える日本」や「電子署名」のことなど様々な問題がなおも残されているし、更に挙げるべき参考文献も多々あるが、すでに予定の紙数を大幅に超過してしまった。最後に、三つのことを手短に記して終わりにしたい。第一に、いささか異色な参考文献なので紹介しておくと、「バベルの塔」への着目という点で、脱構築派とマイケル・オークショットの保守派との「アクシデンタルな遭遇」を指摘した論考として、添谷育志の『現代保守思想の振幅』（新評論）がある。第二に、本書九六頁で、デリダは「本来性の隠語」と「フランクフルト大学」という二つの言葉で、アドルノのことを暗示しているが、「非‐同一性」「ミメーシス」など、明らかにアドルノとの連関が感じられる観念や論理が存在しているにもかかわらず、リオタールやナンシーとはちがって、なぜデリダはこのような婉曲な言い方をするのだろうか。何かそこに重大な意味があるのだろうか。いずれにしても、『本来性の隠語』（邦訳、未來社）はそれ自体がラジオやテレビによるコミュニケーションをめぐる論考でもあって、その意味ではぜひとも本書と併せ読まれるべきだろう。

第三に、モリー（Molly）という名を本書で見るたびに、綴りの類似からつい「モロイ」（Molloy）のことを連想してしまったのだが、なぜデリダは、アドルノやドゥルーズやフーコーやバデュなどとはちがって、ジョイスの弟子とも言うべきサミュエル・ベケットにはまったく言及しないのだろうか。He war という事態からすると、また、「一、ひとは唯一の言語しか話さない。／二、ひとは決して唯一の言語は話さない」（*Le monolinguisme de l'autre*, Galilée, 1996, p. 21）という二重拘束からすると、ベケットにおける英語と仏語のバイリンガリズムのほうが、デリダにはむしろ「退歩」と映ったということはまったくなかったのだろうか。識者のご意見を頂戴できれば幸いである。

＊　＊　＊

宛て先に届かない手紙や未解決な問題を表現するフランス語として、「苦しんでいる」(en souffrance) という言い方があるが、本書はある意味では「苦しんでいる書物」だった。翻訳を引き受けていた訳者が仕事を放棄したために、長らく翻訳の企画が中断されたままになっていたのである。法政大学出版局の藤田信行さんから九九年の秋だったと思うが、「誰かこれをやってくれるひとを紹介してくれませんか」と言われて、「それでは探してみましょう」と安請け合いしたものの、みずからが訳者となることなどまったく考えてはいなかった。そこで、何人かデリダに詳しいひとに打診してはみたが、結局、引き受けてくれるひとは見つからなかった。そんなある日、共訳者の中真生がレヴィナスについての修士論文を携えてたまたま合田のもとを訪れた。雑談を交わすなか、愚痴を聞いてもらうつもりで、本書の翻訳のことを話題にすると、何と「やってみたい」と威勢のいい返事が即座に返ってきたのである。中は異議を唱えるかもしれないが、少なくとも合田にはそう聞こえた。「それなら一緒にやるか」と、心が動いた。嘘のような本当の話だが、合田が大学に入って初めて丸善で購入した洋書は何と『ユリシーズ』と『フィネガンズ・ウェイク』だった。そんなことが思い出されもしたが、そのときには合田は、そしてきっと中も、翻訳の作業がこれほど困難なものになろうとは予想していなかったはずだ。

中がまず本書の全体を訳出し、次に、それを基に合田が再び全体を訳し直し、今度は合田の訳稿を中が全面的に見直し、その変更をまた合田が検討する……、一年半に及ぶそうした往復を通じて成ったのが本書である。どの訳文も共同作業の所産ではあるが、最終的には合田が訳文を決定した。というか、わがままを通した。両名共に全力を尽くしたつもりではあるが、デリダについても、またジョイスについても、私たちは決して専門家ではないし、ましてや「二重拘束」としての「翻訳」の不可避性と不可能性を語った書物の翻訳である、理解の不十分な箇所、訳文の不適切な箇所が多々残っているのではないかと心底案じている。読者諸氏の忌憚のないご意見、ご批判を頂戴できれば幸いである。ぜひそうしていただきたい。改訳の機会があれば、それを必ずや活かしたいと思う。ジョイスの『ユリシーズ』『フィネガンズ・ウェイク』からの引用については、もちろん丸谷才一・永川玲二・高松雄一訳（集英社）、柳瀬尚紀訳（河出書房新社）を参照させていただいたが、デリダの言説との連関がどうしても重要となるため、Roland Mchugh の *Annotations to Finnegans Wake* や *A classical Lexicon for Finnegans Wake* など、さまざまなグロサリー〔語彙解説書〕を繙きながら、そしてまた、本書でデリダによって批判されたラヴェルニェの『フィネガンズ・ウェイク』の仏訳をも参照しながら、特に中が訳出の作業にあたった。

やっと藤田さんとの約束を果たせたわけだが、力にあまる仕事を引き受けてしまったことへの後悔の念が今も渦巻いている。正直言って、今でもこう解釈してよかったのかどうか判断のつかない箇所が少なからずある。『撒種』や『郵便葉書』の邦訳が出ていてくれればという、恨みのような感情もないわけではない。ただ、本書を世に問うことで、「デリダやクリステヴァのジョイスを論じた論文も読んだが、ジョイスの本文以上に難しくて歯がたたず、消化するどころではなかった」と、『ジョイスの世界』（彩流社）の著者、鈴木良平さんがおっしゃるような状況にわずかでも変化が生じるなら、また、デリダに関心を抱きながらもフランス語を解さない読者諸氏のデリダ理解が少しでも拡充されるなら、いや、本書を通して「情勢を読むこと」への、端的に「読むこと」への何らかのヒントを得るひとがいるなら、訳者としてはこのうえもない喜びである。

二〇〇一年五月一日　合田正人

《叢書・ウニベルシタス　723》
ユリシーズ　グラモフォン
2001年6月30日　初版第1刷発行

ジャック・デリダ
合田正人／中　真生 訳
発行所　財団法人　法政大学出版局
〒102-0073 東京都千代田区九段北3-2-7
電話03(5214)5540／振替00160-6-95814
製版，印刷　三和印刷／鈴木製本所

Printed in Japan

ISBN4-588-00723-8

著者略歴

ジャック・デリダ (Jacques Derrida)
1930年アルジェに生まれる．パリのエコール・ノルマル・シュペリウールで哲学を専攻．同校の哲学教授を経て，社会科学高等研究院教授をつとめる．ロゴス中心主義の脱構築を提唱し，「神の死」のあとに到来した今日の知的状況をこの上なき冷徹な眼で分析する現代フランスの代表的な哲学者．1983年にフランス政府派遣の文化使節として来日，その時の記録が『他者の言語――デリダの日本講演』(高橋允昭編訳，1989) として刊行されている．本書『ユリシーズ　グラモフォン』のほかに，『エクリチュールと差異 (上下)』，『絵画における真理 (上下)』，『法の力』〔以上，法政大学出版局〕，『声と現象』(理想社)，『グラマトロジーについて』(現代思潮社)，『ポジシオン』(青土社)，『他の岬』(みすず書房)，『アポリア』(人文書院) など多くが邦訳されている．

訳者略歴

合田正人 (ごうだ まさと)
1957年生まれ．一橋大学社会学部卒業．東京都立大学人文学部助教授．著書：『レヴィナスを読む――〈異常な日常〉の思想』(NHKブックス)，『レヴィナス――存在の革命へ向けて』(ちくま学芸文庫)．主な訳書：レヴィナス『全体性と無限』(国文社)，同『諸国民の時に』，『われわれのあいだで』，同『聖句の彼方』，同『神・死・時間』，『歴史の不測』，『他性と超越』，ザラデル『ハイデガーとヘブライの遺産』，『ベルクソン講義録　I, II, III』(以上，法政大学出版局)，ジャンケレヴィッチ『最初と最後のページ』，グットマン『ユダヤ哲学』(以上，みすず書房)，他．

中　真生 (なか まお)
1972年生まれ．97年東京大学文学部卒業．東京大学人文社会系研究科哲学専攻博士課程在学．主な論文：「レヴィナスにおける自己保存の努力 (conatus) について」(『論集』東大哲学科紀要)，「レヴィナスの『他者にとり憑かれる自己』において，『共感』のありかを考える」(同『論集』所収)，「死を選ぶこと――安楽死と自殺」(東大哲学研究室応用倫理研究会論文集)．

叢書・ウニベルシタス

				(頁)
1	芸術はなぜ必要か	E.フィッシャー／河野徹訳	品切	302
2	空と夢〈運動の想像力にかんする試論〉	G.バシュラール／宇佐見英治訳		442
3	グロテスクなもの	W.カイザー／竹内豊治訳		312
4	塹壕の思想	T.E.ヒューム／長谷川鉱平訳		316
5	言葉の秘密	E.ユンガー／菅谷規矩雄訳		176
6	論理哲学論考	L.ヴィトゲンシュタイン／藤本，坂井訳		350
7	アナキズムの哲学	H.リード／大沢正道訳		318
8	ソクラテスの死	R.グアルディーニ／山村直資訳		366
9	詩学の根本概念	E.シュタイガー／高橋英夫訳		334
10	科学の科学〈科学技術時代の社会〉	M.ゴールドスミス，A.マカイ編／是永純弘訳		346
11	科学の射程	C.F.ヴァイツゼカー／野田，金子訳		274
12	ガリレオをめぐって	オルテガ・イ・ガセット／マタイス，佐々木訳		290
13	幻影と現実〈詩の源泉の研究〉	C.コードウェル／長谷川鉱平訳		410
14	聖と俗〈宗教的なるものの本質について〉	M.エリアーデ／風間敏夫訳		286
15	美と弁証法	G.ルカッチ／良知，池田，小箕訳		372
16	モラルと犯罪	K.クラウス／小松太郎訳		218
17	ハーバート・リード自伝	北條文緒訳		468
18	マルクスとヘーゲル	J.イッポリット／宇津木，田口訳	品切	258
19	プリズム〈文化批判と社会〉	Th.W.アドルノ／竹内，山村，板倉訳		246
20	メランコリア	R.カスナー／塚越敏訳		388
21	キリスト教の苦悶	M.de ウナムーノ／神吉，佐々木訳		202
22	アインシュタイン ゾンマーフェルト往復書簡	A.ヘルマン編／小林，坂口訳	品切	194
23 24	群衆と権力（上・下）	E.カネッティ／岩田行一訳		440 356
25	問いと反問〈芸術論集〉	W.ヴォリンガー／土肥美夫訳		272
26	感覚の分析	E.マッハ／須藤，廣松訳		386
27 28	批判的モデル集（I・II）	Th.W.アドルノ／大久保健治訳	〈品切 品切〉	I 232 II 272
29	欲望の現象学	R.ジラール／古田幸男訳		370
30	芸術の内面への旅	E.ヘラー／河原，杉浦，渡辺訳	品切	284
31	言語起源論	ヘルダー／大阪大学ドイツ近代文学研究会訳		270
32	宗教の自然史	D.ヒューム／福鎌，斎藤訳		144
33	プロメテウス〈ギリシア人の解した人間存在〉	K.ケレーニイ／辻村誠三訳	品切	268
34	人格とアナーキー	E.ムーニエ／山崎，佐藤訳		292
35	哲学の根本問題	E.ブロッホ／竹内豊治訳		194
36	自然と美学〈形体・美・芸術〉	R.カイヨワ／山口三夫訳		112
37 38	歴史論（I・II）	G.マン／加藤，宮野訳	I・品切 II・品切	274 202
39	マルクスの自然概念	A.シュミット／元浜清海訳		316
40	書物の本〈西欧の書物と文化の歴史．書物の美学〉	H.プレッサー／轡田収訳		448
41 42	現代への序説（上・下）	H.ルフェーヴル／宗，古田監訳		220 296
43	約束の地を見つめて	E.フォール／古田幸男訳		320
44	スペクタクルと社会	J.デュビニョー／渡辺淳訳	品切	188
45	芸術と神話	E.グラッシ／榎本久彦訳		266
46	古きものと新しきもの	M.ロベール／城山，島，円子訳		318
47	国家の起源	R.H.ローウィ／古賀英三郎訳		204
48	人間と死	E.モラン／古田幸男訳		448
49	プルーストとシーニュ（増補版）	G.ドゥルーズ／宇波彰訳		252
50	文明の滴定〈科学技術と中国の社会〉	J.ニーダム／橋本敬造訳	品切	452
51	プスタの民	I.ジュラ／加藤二郎訳		382

				(頁)
52 53	社会学的思考の流れ (I・II)	R.アロン／北川,平野,他訳		350 392
54	ベルクソンの哲学	G.ドゥルーズ／宇波彰訳		142
55	第三帝国の言語LTI〈ある言語学者のノート〉	V.クレムペラー／羽田,藤平,赤井,中村訳		442
56	古代の芸術と祭祀	J.E.ハリスン／星野徹訳		222
57	ブルジョワ精神の起源	B.グレトゥイゼン／野沢協訳		394
58	カントと物自体	E.アディッケス／赤松常弘訳		300
59	哲学的素描	S.K.ランガー／塚本,星野訳		250
60	レーモン・ルーセル	M.フーコー／豊崎光一訳		268
61	宗教とエロス	W.シューバルト／石川,平田,山本訳	品切	398
62	ドイツ悲劇の根源	W.ベンヤミン／川村,三城訳		316
63	鍛えられた心〈強制収容所における心理と行動〉	B.ベテルハイム／丸山修吉訳		340
64	失われた範列〈人間の自然性〉	E.モラン／古田幸男訳		308
65	キリスト教の起源	K.カウツキー／栗原佑訳		534
66	ブーバーとの対話	W.クラフト／板倉敏之訳		206
67	プロデメの変貌〈フランスのコミューン〉	E.モラン／宇波彰訳		450
68	モンテスキューとルソー	E.デュルケーム／小関,川喜多訳	品切	312
69	芸術と文明	K.クラーク／河野徹訳		680
70	自然宗教に関する対話	D.ヒューム／福鎌,斎藤訳		196
71 72	キリスト教の中の無神論 (上・下)	E.ブロッホ／竹内,高尾訳		234 304
73	ルカーチとハイデガー	L.ゴルドマン／川俣晃自訳		308
74	断　想　1942--1948	E.カネッティ／岩田行一訳		286
75 76	文明化の過程 (上・下)	N.エリアス／吉田,中村,波田,他訳		466 504
77	ロマンスとリアリズム	C.コードウェル／玉井,深井,山本訳		238
78	歴史と構造	A.シュミット／花崎皋平訳		192
79 80	エクリチュールと差異 (上・下)	J.デリダ／若桑,野村,阪上,三好,他訳		378 296
81	時間と空間	E.マッハ／野家啓一編訳		258
82	マルクス主義と人格の理論	L.セーヴ／大津真作訳		708
83	ジャン=ジャック・ルソー	B.グレトゥイゼン／小池健男訳		394
84	ヨーロッパ精神の危機	P.アザール／野沢協訳		772
85	カフカ〈マイナー文学のために〉	G.ドゥルーズ,F.ガタリ／宇波,岩田訳		210
86	群衆の心理	H.ブロッホ／入野田,小崎,小岸訳	品切	580
87	ミニマ・モラリア	Th.W.アドルノ／三光長治訳		430
88 89	夢と人間社会 (上・下)	R.カイヨワ,他／三好郁郎,他訳		374 340
90	自由の構造	C.ベイ／横越英一訳		744
91	1848年〈二月革命の精神史〉	J.カスー／野沢協,他訳		326
92	自然の統一	C.F.ヴァイツゼカー／斎藤,河井訳	品切	560
93	現代戯曲の理論	P.ションディ／市村,丸山訳	品切	250
94	百科全書の起源	F.ヴェントゥーリ／大津真作訳	品切	324
95	推測と反駁〈科学的知識の発展〉	K.R.ポパー／藤本,石垣,森訳		816
96	中世の共産主義	K.カウツキー／栗原佑訳		400
97	批評の解剖	N.フライ／海老根,中村,出淵,山内訳		580
98	あるユダヤ人の肖像	A.メンミ／菊地,白井訳		396
99	分類の未開形態	E.デュルケーム／小関藤一郎訳	品切	232
100	永遠に女性的なるもの	H.ド・リュバック／山崎庸一郎訳		360
101	ギリシア神話の本質	G.S.カーク／吉田,辻村,松田訳	品切	390
102	精神分析における象徴界	G.ロゾラート／佐々木孝次訳		508
103	物の体系〈記号の消費〉	J.ボードリヤール／宇波彰訳		280

				（頁）
104	言語芸術作品〔第2版〕	W.カイザー／柴田斎訳	品切	688
105	同時代人の肖像	F.ブライ／池内紀訳		212
106	レオナルド・ダ・ヴィンチ〔第2版〕	K.クラーク／丸山，大河内訳		344
107	宮廷社会	N.エリアス／波田，中埜，吉田訳		480
108	生産の鏡	J.ボードリヤール／宇波，今村訳		184
109	祭祀からロマンスへ	J.L.ウェストン／丸小哲雄訳		290
110	マルクスの欲求理論	A.ヘラー／良知，小箕訳		198
111	大革命前夜のフランス	A.ソブール／山崎耕一訳	品切	422
112	知覚の現象学	メルロ=ポンティ／中島盛夫訳		904
113	旅路の果てに〈アルペイオスの流れ〉	R.カイヨワ／金井裕訳		222
114	孤独の迷宮〈メキシコの文化と歴史〉	O.パス／高山，熊谷訳		320
115	暴力と聖なるもの	R.ジラール／古田幸男訳		618
116	歴史をどう書くか	P.ヴェーヌ／大津真作訳		604
117	記号の経済学批判	J.ボードリヤール／今村，宇波，桜井訳	品切	304
118	フランス紀行〈1787, 1788&1789〉	A.ヤング／宮崎洋訳		432
119	供　犠	M.モース，H.ユベール／小関藤一郎訳		296
120	差異の目録〈歴史を変えるフーコー〉	P.ヴェーヌ／大津真作訳	品切	198
121	宗教とは何か	G.メンシング／田中，下宮訳		442
122	ドストエフスキー	R.ジラール／鈴木晶訳		200
123	さまざまな場所〈死の影の都市をめぐる〉	J.アメリー／池内紀訳		210
124	生　成〈概念をこえる試み〉	M.セール／及川馥訳		272
125	アルバン・ベルク	Th.W.アドルノ／平野嘉彦訳		320
126	映画　あるいは想像上の人間	E.モラン／渡辺淳訳		320
127	人間論〈時間・責任・価値〉	R.インガルデン／武井，赤松訳		294
128	カント〈その生涯と思想〉	A.グリガ／西牟田，浜田訳		464
129	同一性の寓話〈詩的神話学の研究〉	N.フライ／駒沢大学フライ研究会訳		496
130	空間の心理学	A.モル，E.ロメル／渡辺淳訳		326
131	飼いならされた人間と野性的人間	S.モスコヴィッシ／古田幸男訳		336
132	方　法　1．自然の自然	E.モラン／大津真作訳	品切	658
133	石器時代の経済学	M.サーリンズ／山内昶訳		464
134	世の初めから隠されていること	R.ジラール／小池健男訳		760
135	群衆の時代	S.モスコヴィッシ／古田幸男訳	品切	664
136	シミュラークルとシミュレーション	J.ボードリヤール／竹原あき子訳		234
137	恐怖の権力〈アブジェクシオン〉試論	J.クリステヴァ／枝川昌雄訳		420
138	ボードレールとフロイト	L.ベルサーニ／山縣直子訳		240
139	悪しき造物主	E.M.シオラン／金井裕訳		228
140	終末論と弁証法〈マルクスの社会・政治思想〉	S.アヴィネリ／中村恒矩訳	品切	392
141	経済人類学の現在	F.プイヨン編／山内昶訳		236
142	視覚の瞬間	K.クラーク／北條文緒訳		304
143	罪と罰の彼岸	J.アメリー／池内紀訳		210
144	時間・空間・物質	B.K.ライドレー／中島龍三訳	品切	226
145	離脱の試み〈日常生活への抵抗〉	S.コーエン，N.テイラー／石黒毅訳		321
146	人間怪物論〈人間脱走の哲学の素描〉	U.ホルストマン／加藤二郎訳		206
147	カントの批判哲学	G.ドゥルーズ／中島盛夫訳		160
148	自然と社会のエコロジー	S.モスコヴィッシ／久米，原訳		440
149	壮大への渇仰	L.クローネンバーガー／岸，倉田訳		368
150	奇蹟論・迷信論・自殺論	D.ヒューム／福鎌，斎藤訳		200
151	クルティウス－ジッド往復書簡	ディークマン編／円子千代訳		376
152	離脱の寓話	M.セール／及川馥訳		178

				（頁）
153	エクスタシーの人類学	I.M.ルイス／平沼孝之訳		352
154	ヘンリー・ムア	J.ラッセル／福田真一訳		340
155	誘惑の戦略	J.ボードリヤール／宇波彰訳		260
156	ユダヤ神秘主義	G.ショーレム／山下,石丸,他訳		644
157	蜂の寓話〈私悪すなわち公益〉	B.マンデヴィル／泉谷治訳		412
158	アーリア神話	L.ポリアコフ／アーリア主義研究会訳		544
159	ロベスピエールの影	P.ガスカール／佐藤和生訳		440
160	元型の空間	E.ゾラ／丸小哲雄訳		336
161	神秘主義の探究〈方法論的考察〉	E.スタール／宮元啓一,他訳		362
162	放浪のユダヤ人〈ロート・エッセイ集〉	J.ロート／平田,吉田訳		344
163	ルフー，あるいは取壊し	J.アメリー／神崎巌訳		250
164	大世界劇場〈宮廷祝宴の時代〉	R.アレヴィン,K.ゼルツレ／円子修平訳	品切	200
165	情念の政治経済学	A.ハーシュマン／佐々木,旦訳		192
166	メモワール〈1940-44〉	レミ／築島謙三訳		520
167	ギリシア人は神話を信じたか	P.ヴェーヌ／大津真作訳	品切	340
168	ミメーシスの文学と人類学	R.ジラール／浅野敏夫訳		410
169	カバラとその象徴的表現	G.ショーレム／岡部,小岸訳		340
170	身代りの山羊	R.ジラール／織田,富永訳	品切	384
171	人間〈その本性および世界における位置〉	A.ゲーレン／平野具男訳		608
172	コミュニケーション〈ヘルメスI〉	M.セール／豊田,青木訳		358
173	道　化〈つまずきの現象学〉	G.v.バルレーヴェン／片岡啓治訳	品切	260
174	いま,ここで〈アウシュヴィッツとヒロシマ以後の哲学的考察〉	G.ピヒト／斎藤,浅野,大野,河井訳		600
175 176 177	真理と方法〔全三冊〕	H.-G.ガダマー／轡田,麻生,三島,他訳		I・350 II・ III・
178	時間と他者	E.レヴィナス／原田佳彦訳		140
179	構成の詩学	B.ウスペンスキイ／川崎,大石訳	品切	282
180	サン=シモン主義の歴史	S.シャルレティ／沢崎,小杉訳		528
181	歴史と文芸批評	G.デルフォ,A.ロッシュ／川中子弘訳		472
182	ミケランジェロ	H.ヒバード／中山,小野訳	品切	578
183	観念と物質〈思考・経済・社会〉	M.ゴドリエ／山内昶訳		340
184	四つ裂きの刑	E.M.シオラン／金井裕訳		234
185	キッチュの心理学	A.モル／万沢正美訳		344
186	領野の漂流	J.ヴィヤール／山下俊一訳		226
187	イデオロギーと想像力	G.C.カパト／小箕俊介訳		300
188	国家の起源と伝承〈古代インド社会史論〉	R.=ターパル／山崎,成澤訳		322
189	ベルナール師匠の秘密	P.ガスカール／佐藤和生訳		374
190	神の存在論的証明	D.ヘンリッヒ／本間,須田,座小田,他訳		456
191	アンチ・エコノミクス	J.アタリ,M.ギヨーム／斎藤,安孫子訳		322
192	クローチェ政治哲学論集	B.クローチェ／上村忠男編訳		188
193	フィヒテの根源的洞察	D.ヘンリッヒ／座小田,小松訳		184
194	哲学の起源	オルテガ・イ・ガセット／佐々木孝訳	品切	224
195	ニュートン力学の形成	ベー・エム・ゲッセン／秋間実,他訳		312
196	遊びの遊び	J.デュビニョー／渡辺淳訳	品切	160
197	技術時代の魂の危機	A.ゲーレン／平野具男訳	品切	222
198	儀礼としての相互行為	E.ゴッフマン／広瀬,安江訳	品切	376
199	他者の記号学〈アメリカ大陸の征服〉	T.トドロフ／及川,大谷,菊地訳		370
200	カント政治哲学の講義	H.アーレント著,R.ベイナー編／浜田監訳		302
201	人類学と文化記号論	M.サーリンズ／山内昶訳		354
202	ロンドン散策	F.トリスタン／小杉,浜本訳		484

				（頁）
203	秩序と無秩序	J.-P.デュピュイ／古田幸男訳		324
204	象徴の理論	T.トドロフ／及川馥, 他訳		536
205	資本とその分身	M.ギヨーム／斉藤日出治訳		240
206	干　渉〈ヘルメスII〉	M.セール／豊田彰訳		276
207	自らに手をくだし〈自死について〉	J.アメリー／大河内了義訳		222
208	フランス人とイギリス人	R.フェイバー／北條, 大島訳	品切	304
209	カーニバル〈その歴史的・文化的考察〉	J.カロ・バロッハ／佐々木孝訳	品切	622
210	フッサール現象学	A.F.アグィーレ／川島, 工藤, 林訳		232
211	文明の試練	J.M.カディヒィ／塚本, 秋山, 寺西, 島訳		538
212	内なる光景	J.ポミエ／角山, 池部訳		526
213	人間の原型と現代の文化	A.ゲーレン／池井望訳		422
214	ギリシアの光と神々	K.ケレーニイ／円子修平訳		178
215	初めに愛があった〈精神分析と信仰〉	J.クリステヴァ／枝川昌雄訳		146
216	バロックとロココ	W.v.ニーベルシュッツ／竹内章訳		164
217	誰がモーセを殺したか	S.A.ハンデルマン／山形和美訳		514
218	メランコリーと社会	W.レペニース／岩田, 小竹訳		380
219	意味の論理学	G.ドゥルーズ／岡田, 宇波訳		460
220	新しい文化のために	P.ニザン／木内孝訳		352
221	現代心理論集	P.ブールジェ／平岡, 伊藤訳		362
222	パラジット〈寄食者の論理〉	M.セール／及川, 米山訳		466
223	虐殺された鳩〈暴力と国家〉	H.ラボリ／川中子弘訳		240
224	具象空間の認識論〈反・解釈学〉	F.ダゴニェ／金森修訳		300
225	正常と病理	G.カンギレム／滝沢武久訳		320
226	フランス革命論	J.G.フィヒテ／桝田啓三郎訳		396
227	クロード・レヴィ=ストロース	O.パス／鼓, 木村訳		160
228	バロックの生活	P.ラーンシュタイン／波田節夫訳		520
229	うわさ〈もっとも古いメディア〉増補版	J.-N.カプフェレ／古田幸男訳		394
230	後期資本制社会システム	C.オッフェ／寿福真美編訳		358
231	ガリレオ研究	A.コイレ／菅谷暁訳		482
232	アメリカ	J.ボードリヤール／田中正人訳		220
233	意識ある科学	E.モラン／村上光彦訳		400
234	分子革命〈欲望社会のミクロ分析〉	F.ガタリ／杉村昌昭訳		340
235	火，そして霧の中の信号—ゾラ	M.セール／寺田光徳訳		568
236	煉獄の誕生	J.ル・ゴッフ／渡辺, 内田訳		698
237	サハラの夏	E.フロマンタン／川端康夫訳		336
238	パリの悪魔	P.ガスカール／佐藤和夫訳		256
239 240	自然の人間的歴史（上・下）	S.モスコヴィッシ／大津真作訳		上・494 下・390
241	ドン・キホーテ頌	P.アザール／円子千代訳	品切	348
242	ユートピアへの勇気	G.ピヒト／河井徳治訳		202
243	現代社会とストレス〔原書改訂版〕	H.セリエ／杉, 田多井, 藤井, 竹宮訳		482
244	知識人の終焉	J.-F.リオタール／原田佳彦, 他訳		140
245	オマージュの試み	E.M.シオラン／金井裕訳		154
246	科学の時代における理性	H.-G.ガダマー／本間, 座小田訳		158
247	イタリア人の太古の知恵	G.ヴィーコ／上村忠男訳		190
248	ヨーロッパを考える	E.モラン／林　勝一訳		238
249	労働の現象学	J.-L.プチ／今村, 松島訳		388
250	ポール・ニザン	Y.イシャグプール／川俣晃自訳		356
251	政治的判断力	R.ベイナー／浜田義文監訳		310
252	知覚の本性〈初期論文集〉	メルロ=ポンティ／加賀野井秀一訳		158

No.	書名	著者／訳者		(頁)
253	言語の牢獄	F.ジェームソン／川口喬一訳		292
254	失望と参画の現象学	A.O.ハーシュマン／佐々木, 杉田訳		204
255	はかない幸福—ルソー	T.トドロフ／及川馥訳		162
256	大学制度の社会史	H.W.プラール／山本尤訳		408
257 258	ドイツ文学の社会史（上・下）	J.ベルク,他／山本, 三島, 保坂, 鈴木訳		上・766 下・648
259	アランとルソー〈教育哲学試論〉	A.カルネック／安斎, 並木訳		304
260	都市・階級・権力	M.カステル／石川淳志監訳		296
261	古代ギリシア人	M.I.フィンレー／山形和美訳	品切	296
262	象徴表現と解釈	T.トドロフ／小林, 及川訳		244
263	声の回復〈回想の試み〉	L.マラン／梶野吉郎訳		246
264	反射概念の形成	G.カンギレム／金森修訳		304
265	芸術の手相	G.ピコン／末永照和訳		294
266	エチュード〈初期認識論集〉	G.バシュラール／及川馥訳		166
267	邪な人々の昔の道	R.ジラール／小池健男訳		270
268	〈誠実〉と〈ほんもの〉	L.トリリング／野島秀勝訳		264
269	文の抗争	J.-F.リオタール／陸井四郎, 他訳		410
270	フランス革命と芸術	J.スタロバンスキー／井上尭裕訳		286
271	野生人とコンピューター	J.-M.ドムナック／古田幸男訳		228
272	人間と自然界	K.トマス／山内昶, 他訳		618
273	資本論をどう読むか	J.ビデ／今村仁司, 他訳		450
274	中世の旅	N.オーラー／藤代幸一訳		488
275	変化の言語〈治療コミュニケーションの原理〉	P.ワツラウィック／築島謙三訳		212
276	精神の売春としての政治	T.クンナス／木戸, 佐々木訳		258
277	スウィフト政治・宗教論集	J.スウィフト／中野, 海保訳		490
278	現実とその分身	C.ロセ／金井裕訳		168
279	中世の高利貸	J.ル・ゴッフ／渡辺香根夫訳		170
280	カルデロンの芸術	M.コメレル／岡部仁訳		270
281	他者の言語〈デリダの日本講演〉	J.デリダ／高橋允昭編訳		406
282	ショーペンハウアー	R.ザフランスキー／山本尤訳		646
283	フロイトと人間の魂	B.ベテルハイム／藤瀬恭子訳		174
284	熱　狂〈カントの歴史批判〉	J.-F.リオタール／中島盛夫訳		210
285	カール・カウツキー 1854-1938	G.P.スティーンソン／時永, 河野訳		496
286	形而上学と神の思想	W.パネンベルク／座小田, 諸岡訳		186
287	ドイツ零年	E.モラン／古田幸男訳		364
288	物の地獄〈ルネ・ジラールと経済の論理〉	デュムシェル, デュピュイ／織田, 富永訳		320
289	ヴィーコ自叙伝	G.ヴィーコ／福鎌忠恕訳	品切	448
290	写真論〈その社会的効用〉	P.ブルデュー／山縣熙, 山縣直子訳		438
291	戦争と平和	S.ボク／大沢正道訳		224
292	意味と意味の発展	R.A.ウォルドロン／築島謙三訳		294
293	生態平和とアナーキー	U.リンゼ／内田, 杉村訳		270
294	小説の精神	M.クンデラ／金井, 浅野訳		208
295	フィヒテ-シェリング往復書簡	W.シュルツ解説／座小田, 後藤訳		220
296	出来事と危機の社会学	E.モラン／浜名, 福井訳		622
297	宮廷風恋愛の技術	A.カペルラヌス／野島秀勝訳		334
298	野蛮〈科学主義の独裁と文化の危機〉	M.アンリ／山形, 望月訳		292
299	宿命の戦略	J.ボードリヤール／竹原あき子訳		260
300	ヨーロッパの日記	G.R.ホッケ／石丸, 柴田, 信岡訳		1330
301	記号と夢想〈演劇と祝祭についての考察〉	A.シモン／岩瀬孝監修. 佐藤, 伊藤, 他訳		388
302	手と精神	J.ブラン／中村文郎訳		284

				（頁）
352	倫理・政治的ディスクール	O.ヘッフェ／青木隆嘉訳		312
353	モーツァルト	N.エリアス／青木隆嘉訳		198
354	参加と距離化	N.エリアス／波田，道籏訳		276
355	二十世紀からの脱出	E.モラン／秋枝茂夫訳		384
356	無限の二重化	W.メニングハウス／伊藤秀一訳		350
357	フッサール現象学の直観理論	E.レヴィナス／佐藤，桑野訳		506
358	始まりの現象	E.W.サイード／山形，小林訳		684
359	サテュリコン	H.P.デュル／原研二訳		258
360	芸術と疎外	H.リード／増渕正史訳	品切	262
361	科学的理性批判	K.ヒュプナー／神野，中才，熊谷訳		476
362	科学と懐疑論	J.ワトキンス／中才敏郎訳		354
363	生きものの迷路	A.モール，E.ロメル／古田幸男訳		240
364	意味と力	G.バランディエ／小関藤一郎訳		406
365	十八世紀の文人科学者たち	W.レペニース／小川さくえ訳		182
366	結晶と煙のあいだ	H.アトラン／阪上脩訳		376
367	生への闘争〈闘争本能・性・意識〉	W.J.オング／高柳，橋爪訳		326
368	レンブラントとイタリア・ルネサンス	K.クラーク／尾崎，芳野訳		334
369	権力の批判	A.ホネット／河上倫逸監訳		476
370	失われた美学〈マルクスとアヴァンギャルド〉	M.A.ローズ／長田，池田，長野，長田訳		332
371	ディオニュソス	M.ドゥティエンヌ／及川，吉岡訳		164
372	メディアの理論	F.イングリス／伊藤，磯山訳		380
373	生き残ること	B.ベテルハイム／高尾利数訳		646
374	バイオエシックス	F.ダゴニェ／金森，松浦訳		316
375 376	エディプスの謎（上・下）	N.ビショッフ／藤代，井本，他訳		上・450 下・464
377	重大な疑問〈懐疑的省察録〉	E.シャルガフ／山形，小野，他訳		404
378	中世の食生活〈断食と宴〉	B.A.ヘニッシュ／藤原保明訳	品切	538
379	ポストモダン・シーン	A.クローカー，D.クック／大熊昭信訳		534
380	夢の時〈野生と文明の境界〉	H.P.デュル／岡部，原，須永，荻野訳		674
381	理性よ，さらば	P.ファイヤアーベント／植木哲也訳		454
382	極限に面して	T.トドロフ／宇京頼三訳		376
383	自然の社会化	K.エーダー／寿福真美監訳		474
384	ある反時代的考察	K.レーヴィット／中村啓，永沼更始郎訳		526
385	図書館炎上	W.シヴェルブシュ／福本義憲訳		274
386	騎士の時代	F.v.ラウマー／柳井尚子訳		506
387	モンテスキュー〈その生涯と思想〉	J.スタロバンスキー／古賀英三郎，高橋誠訳		312
388	理解の鋳型〈東西の思想経験〉	J.ニーダム／井上英明訳		510
389	風景画家レンブラント	E.ラルセン／大谷，尾崎訳		208
390	精神分析の系譜	M.アンリ／山形頼洋，他訳		546
391	金《かね》と魔術	H.C.ビンスヴァンガー／清水健次訳		218
392	自然誌の終焉	W.レペニース／山村直資訳		346
393	批判的解釈学	J.B.トンプソン／山本，小川訳		376
394	人間にはいくつの真理が必要か	R.ザフランスキー／山本，藤井訳		232
395	現代芸術の出発	Y.イシャグプール／川俣晃自訳		170
396	青春　ジュール・ヴェルヌ論	M.セール／豊田彰訳		398
397	偉大な世紀のモラル	P.ベニシュー／朝倉，羽賀訳		428
398	諸国民の時に	E.レヴィナス／合田正人訳		348
399 400	バベルの後に（上・下）	G.スタイナー／亀山健吉訳		上・482 下・
401	チュービンゲン哲学入門	E.ブロッホ／花田監修・菅谷，今井，三国訳		422

叢書・ウニベルシタス

	書名	著者/訳者		(頁)
402	歴史のモラル	T.トドロフ／大谷尚文訳		386
403	不可解な秘密	E.シャルガフ／山本，内藤訳		260
404	ルソーの世界〈あるいは近代の誕生〉	J.-L.ルセルクル／小林浩訳	品切	378
405	死者の贈り物	D.サルナーヴ／菊地，白井訳		186
406	神もなく韻律もなく	H.P.デュル／青木隆嘉訳		292
407	外部の消失	A.コドレスク／利沢行夫訳		276
408	狂気の社会史〈狂人たちの物語〉	R.ポーター／目羅公和訳		428
409	続・蜂の寓話	B.マンデヴィル／泉谷治訳		436
410	悪口を習う〈近代初期の文化論集〉	S.グリーンブラット／磯山甚一訳		354
411	危険を冒して書く〈異色作家たちのパリ・インタヴュー〉	J.ワイス／浅野敏夫訳		300
412	理論を讃えて	H.-G.ガダマー／本間，須田訳		194
413	歴史の島々	M.サーリンズ／山本真鳥訳		306
414	ディルタイ〈精神科学の哲学者〉	R.A.マックリール／大野，田中，他訳		578
415	われわれのあいだで	E.レヴィナス／合田，谷口訳		368
416	ヨーロッパ人とアメリカ人	S.ミラー／池田栄一訳		358
417	シンボルとしての樹木	M.ルルカー／林 捷 訳		276
418	秘めごとの文化史	H.P.デュル／藤代，津山訳		662
419	眼の中の死〈古代ギリシアにおける他者の像〉	J.-P.ヴェルナン／及川，吉岡訳		144
420	旅の思想史	E.リード／伊藤誓訳		490
421	病のうちなる治療薬	J.スタロバンスキー／小池，川那部訳		356
422	祖国地球	E.モラン／菊地昌実訳		234
423	寓意と表象・再現	S.J.グリーンブラット編／船倉正憲訳		384
424	イギリスの大学	V.H.H.グリーン／安原，成定訳		516
425	未来批判　あるいは世界史に対する嫌悪	E.シャルガフ／山本，伊藤訳		276
426	見えるものと見えざるもの	メルロ=ポンティ／中島盛夫監訳		618
427	女性と戦争	J.B.エルシュテイン／小林，廣川訳		486
428	カント入門講義	H.バウムガルトナー／有福孝岳監訳		204
429	ソクラテス裁判	I.F.ストーン／永田康昭訳		470
430	忘我の告白	M.ブーバー／田口義弘訳		348
431 432	時代おくれの人間（上・下）	G.アンダース／青木隆嘉訳		上・432 下・546
433	現象学と形而上学	J.-L.マリオン他編／三上，重永，檜垣訳		388
434	祝福から暴力へ	M.ブロック／田辺，秋津訳		426
435	精神分析と横断性	F.ガタリ／杉村，毬藻訳		462
436	競争社会をこえて	A.コーン／山本，真水訳		530
437	ダイアローグの思想	M.ホルクウィスト／伊藤誓訳		370
438	社会学とは何か	N.エリアス／徳安彰訳		250
439	E.T.A.ホフマン	R.ザフランスキー／識名章喜訳		636
440	所有の歴史	J.アタリ／山内昶訳		580
441	男性同盟と母権制神話	N.ゾンバルト／田村和彦訳		516
442	ヘーゲル以後の歴史哲学	H.シュネーデルバッハ／古東哲明訳		282
443	同時代人ベンヤミン	H.マイヤー／岡部仁訳		140
444	アステカ帝国滅亡記	G.ボド，T.トドロフ編／大谷，菊地訳		662
445	迷宮の岐路	C.カストリアディス／宇京頼三訳		404
446	意識と自然	K.K.チョウ／志水，山本監訳		422
447	政治的正義	O.ヘッフェ／北尾，平石，望月訳		598
448	象徴と社会	K.バーク著，ガスフィールド編／森常治訳		580
449	神・死・時間	E.レヴィナス／合田正人訳		360
450	ローマの祭	G.デュメジル／大橋寿美子訳		446

No.	書名	著者／訳者		(頁)
451	エコロジーの新秩序	L.フェリ／加藤宏幸訳		274
452	想念が社会を創る	C.カストリアディス／江口幹訳		392
453	ウィトゲンシュタイン評伝	B.マクギネス／藤本, 今井, 宇都宮, 髙橋訳		612
454	読みの快楽	R.オールター／山形, 中田, 田中訳		346
455	理性・真理・歴史〈内在的実在論の展開〉	H.パトナム／野本和幸, 他訳		360
456	自然の諸時期	ビュフォン／菅谷暁訳		440
457	クロポトキン伝	ピルーモヴァ／左近毅訳		384
458	征服の修辞学	P.ヒューム／岩尾, 正木, 本橋訳		492
459	初期ギリシア科学	G.E.R.ロイド／山野, 山口訳		246
460	政治と精神分析	G.ドゥルーズ, F.ガタリ／杉村昌昭訳		124
461	自然契約	M.セール／及川, 米山訳		230
462	細分化された世界〈迷宮の岐路III〉	C.カストリアディス／宇京頼三訳		332
463	ユートピア的なもの	L.マラン／梶野吉郎訳		420
464	恋愛礼讃	M.ヴァレンシー／沓掛, 川端訳		496
465	転換期〈ドイツ人とドイツ〉	H.マイヤー／宇京早苗訳		466
466	テクストのぶどう畑で	I.イリイチ／岡部佳世訳		258
467	フロイトを読む	P.ゲイ／坂口, 大島訳		304
468	神々を作る機械	S.モスコヴィッシ／古田幸男訳		750
469	ロマン主義と表現主義	A.K.ウィードマン／大森淳史訳		378
470	宗教論	N.ルーマン／土方昭, 土方透訳		138
471	人格の成層論	E.ロータッカー／北村監訳・大久保, 他訳		278
472	神　罰	C.v.リンネ／小川さくえ訳		432
473	エデンの園の言語	M.オランデール／浜﨑設夫訳		338
474	フランスの自伝〈自伝文学の主題と構造〉	P.ルジュンヌ／小倉孝誠訳		342
475	ハイデガーとヘブライの遺産	M.ザラデル／合田正人訳		390
476	真の存在	G.スタイナー／工藤政司訳		266
477	言語芸術・言語記号・言語の時間	R.ヤコブソン／浅川順子訳		388
478	エクリール	C.ルフォール／宇京頼三訳		420
479	シェイクスピアにおける交渉	S.J.グリーンブラット／酒井正志訳		334
480	世界・テキスト・批評家	E.W.サイード／山形和美訳		584
481	絵画を見るディドロ	J.スタロバンスキー／小西嘉幸訳		148
482	ギボン〈歴史を創る〉	R.ポーター／中野, 海保, 松原訳		272
483	欺瞞の書	E.M.シオラン／金井裕訳		252
484	マルティン・ハイデガー	H.エーベリング／青木隆嘉訳		252
485	カフカとカバラ	K.E.グレーツィンガー／清水健次訳		390
486	近代哲学の精神	H.ハイムゼート／座小田豊, 他訳		448
487	ベアトリーチェの身体	R.P.ハリスン／船倉正憲訳		304
488	技術〈クリティカル・セオリー〉	A.フィーンバーグ／藤本正文訳		510
489	認識論のメタクリティーク	Th.W.アドルノ／古賀, 細見訳		370
490	地獄の歴史	A.K.ターナー／野﨑嘉信訳		456
491	昔話と伝説〈物語文学の二つの基本形式〉	M.リューティ／高木昌史, 万里子訳	品切	362
492	スポーツと文明化〈興奮の探究〉	N.エリアス, E.ダニング／大平章訳		490
493 494	地獄のマキアヴェッリ（I・II）	S.de.グラツィア／田中治男訳		I・352 II・306
495	古代ローマの恋愛詩	P.ヴェーヌ／鎌田博夫訳		352
496	証人〈言葉と科学についての省察〉	E.シャルガフ／山本, 内藤訳		252
497	自由とはなにか	P.ショーニュ／西川, 小田桐訳		472
498	現代世界を読む	M.マフェゾリ／菊地昌実訳		186
499	時間を読む	M.ピカール／寺田光徳訳		266
500	大いなる体系	N.フライ／伊藤誓訳		478

			（頁）
550	ハイデガーと実践哲学	O.ペゲラー他,編／竹市,下村監訳	584
551	彫　像	M.セール／米山親能訳	366
552	人間的なるものの庭	C.F.v.ヴァイツゼカー／山辺建訳	852
553	思考の図像学	A.フレッチャー／伊藤誓訳	472
554	反動のレトリック	A.O.ハーシュマン／岩崎稔訳	250
555	暴力と差異	A.J.マッケナ／夏目博明訳	354
556	ルイス・キャロル	J.ガッテニョ／鈴木晶訳	462
557	タオスのロレンゾー〈D.H.ロレンス回想〉	M.D.ルーハン／野島秀勝訳	490
558	エル・シッド〈中世スペインの英雄〉	R.フレッチャー／林邦夫訳	414
559	ロゴスとことば	S.プリケット／小野功生訳	486
560 561	盗まれた稲妻〈呪術の社会学〉（上・下）	D.L.オキーフ／谷林眞理子,他訳	上・490 下・656
562	リビドー経済	J.-F.リオタール／杉山,吉谷訳	458
563	ポスト・モダニティの社会学	S.ラッシュ／田中義久監訳	462
564	狂暴なる霊長類	J.A.リヴィングストン／大平章訳	310
565	世紀末社会主義	M.ジェイ／今村,大谷訳	334
566	両性平等論	F.P.de ラ・バール／佐藤和夫,他訳	330
567	暴虐と忘却	R.ボイヤーズ／田部井孝次・世志子訳	524
568	異端の思想	G.アンダース／青木隆嘉訳	518
569	秘密と公開	S.ボク／大沢正道訳	470
570 571	大航海時代の東南アジア（I・II）	A.リード／平野,田中訳	I・430 II・
572	批判理論の系譜学	N.ボルツ／山本,大貫訳	332
573	メルヘンへの誘い	M.リューティ／高木昌史訳	200
574	性と暴力の文化史	H.P.デュル／藤代,津山訳	768
575	歴史の不測	E.レヴィナス／合田,谷口訳	316
576	理論の意味作用	T.イーグルトン／山形和美訳	196
577	小集団の時代〈大衆社会における個人主義の衰退〉	M.マフェゾリ／古田幸男訳	334
578 579	愛の文化史（上・下）	S.カーン／青木,斎藤訳	上・334 下・384
580	文化の擁護〈1935年パリ国際作家大会〉	ジッド他／相磯,五十嵐,石黒,高橋編訳	752
581	生きられる哲学〈生活世界の現象学と批判理論の思考形式〉	F.フェルマン／堀栄造訳	282
582	十七世紀イギリスの急進主義と文学	C.ヒル／小野,圓月訳	444
583	このようなことが起こり始めたら…	R.ジラール／小池,住谷訳	226
584	記号学の基礎理論	J.ディーリー／大熊昭信訳	286
585	真理と美	S.チャンドラセカール／豊田彰訳	328
586	シオラン対談集	E.M.シオラン／金井裕訳	336
587	時間と社会理論	B.アダム／伊藤,磯山訳	338
588	懐疑的省察 ABC〈続・重大な疑問〉	E.シャルガフ／山本,伊藤訳	244
589	第三の知恵	M.セール／及川馥訳	250
590 591	絵画における真理（上・下）	J.デリダ／高橋,阿部訳	上・322 下・390
592	ウィトゲンシュタインと宗教	N.マルカム／黒崎宏訳	256
593	シオラン〈あるいは最後の人間〉	S.ジョドー／金井裕訳	212
594	フランスの悲劇	T.トドロフ／大谷尚文訳	304
595	人間の生の遺産	E.シャルガフ／清水健次,他訳	392
596	聖なる快楽〈性，神話，身体の政治〉	R.アイスラー／浅野敏夫訳	876
597	原子と爆弾とエスキモーキス	C.G.セグレー／野島秀勝訳	408
598	海からの花嫁〈ギリシア神話研究の手引き〉	J.シャーウッドスミス／吉田,佐藤訳	234
599	神に代わる人間	L.フェリー／菊地,白井訳	220
600	パンと競技場〈ギリシア・ローマ時代の政治と都市の社会学的歴史〉	P.ヴェーヌ／鎌田博夫訳	1032

			（頁）
601	ギリシア文学概説	J.ド・ロミイ／細井, 秋山訳	486
602	パロールの奪取	M.セルトー／佐藤和生訳	200
603	68年の思想	L.フェリー他／小野潮訳	348
604	ロマン主義のレトリック	P.ド・マン／山形, 岩坪訳	470
605	探偵小説あるいはモデルニテ	J.デュボア／鈴木智之訳	380
606 607 608	近代の正統性〔全三冊〕	H.ブルーメンベルク／斎藤, 忽那 佐藤, 村井訳	I・328 II・ III・
609	危険社会〈新しい近代への道〉	U.ベック／東, 伊藤訳	502
610	エコロジーの道	E.ゴールドスミス／大熊昭信訳	654
611	人間の領域〈迷宮の岐路II〉	C.カストリアディス／米山親能訳	626
612	戸外で朝食を	H.P.デュル／藤代幸一訳	190
613	世界なき人間	G.アンダース／青木隆嘉訳	366
614	唯物論シェイクスピア	F.ジェイムソン／川口喬一訳	402
615	核時代のヘーゲル哲学	H.クロンバッハ／植木哲也訳	380
616	詩におけるルネ・シャール	P.ヴェーヌ／西永良成訳	832
617	近世の形而上学	H.ハイムゼート／北岡武司訳	506
618	フロベールのエジプト	G.フロベール／斎藤昌三訳	344
619	シンボル・技術・言語	E.カッシーラー／篠木, 高野訳	352
620	十七世紀イギリスの民衆と思想	C.ヒル／小野, 圓月, 箭川訳	520
621	ドイツ政治哲学史	H.リュッベ／今井道夫訳	312
622	最終解決〈民族移動とヨーロッパのユダヤ人殺害〉	G.アリー／山本, 三島訳	470
623	中世の人間	J.ル・ゴフ他／鎌田博夫訳	478
624	食べられる言葉	L.マラン／梶野吉郎訳	284
625	ヘーゲル伝〈哲学の英雄時代〉	H.アルトハウス／山本尤訳	690
626	E.モラン自伝	E.モラン／菊地, 高砂訳	368
627	見えないものを見る	M.アンリ／青木研二訳	248
628	マーラー〈音楽観相学〉	Th.W.アドルノ／龍村あや子訳	286
629	共同生活	T.トドロフ／大谷尚文訳	236
630	エロイーズとアベラール	M.F.B.ブロッチェリ／白崎容子訳	
631	意味を見失った時代〈迷宮の岐路IV〉	C.カストリアディス／江口幹訳	338
632	火と文明化	J.ハウツブロム／大平章訳	356
633	ダーウィン, マルクス, ヴァーグナー	J.バーザン／野島秀勝訳	526
634	地位と羞恥	S.ネッケル／岡原正幸訳	434
635	無垢の誘惑	P.ブリュックネール／小倉, 下澤訳	350
636	ラカンの思想	M.ボルク=ヤコブセン／池田清訳	500
637	羨望の炎〈シェイクスピアと欲望の劇場〉	R.ジラール／小林, 田口訳	698
638	暁のフクロウ〈続・精神の現象学〉	A.カトロッフェロ／寿福真美訳	354
639	アーレント＝マッカーシー往復書簡	C.ブライトマン編／佐藤佐智子訳	710
640	崇高とは何か	M.ドゥギー他／梅木達郎訳	416
641	世界という実験〈問い, 取り出しの諸カテゴリー, 実践〉	E.ブロッホ／小田智敏訳	400
642	悪　あるいは自由のドラマ	R.ザフランスキー／山本尤訳	322
643	世俗の聖典〈ロマンスの構造〉	N.フライ／中村, 真野訳	252
644	歴史と記憶	J.ル・ゴフ／立川孝一訳	400
645	自我の記号論	N.ワイリー／船倉正憲訳	468
646	ニュー・ミメーシス〈シェイクスピアと現実描写〉	A.D.ナトール／山形, 山下訳	430
647	歴史家の歩み〈アリエス　1943-1983〉	Ph.アリエス／成瀬, 伊藤訳	428
648	啓蒙の民主制理論〈カントとのつながりで〉	I.マウス／浜田, 牧野監訳	400
649	仮象小史〈古代からコンピューター時代まで〉	N.ボルツ／山本尤訳	200

			(頁)
650	知の全体史	C.V.ドーレン／石塚浩司訳	766
651	法の力	J.デリダ／堅田研一訳	220
652 653	男たちの妄想（I・II）	K.テーヴェライト／田村和彦訳	I・816 II
654	十七世紀イギリスの文書と革命	C.ヒル／小野，圓月，箭川訳	592
655	パウル・ツェラーンの場所	H.ベッティガー／鈴木美紀訳	176
656	絵画を破壊する	L.マラン／尾形，梶野訳	272
657	グーテンベルク銀河系の終焉	N.ボルツ／識名，足立訳	330
658	批評の地勢図	J.ヒリス・ミラー／森田孟訳	550
659	政治的なものの変貌	M.マフェゾリ／古田幸男訳	290
660	神話の真理	K.ヒュプナー／神野，中才，他訳	736
661	廃墟のなかの大学	B.リーディングズ／青木，斎藤訳	354
662	後期ギリシア科学	G.E.R.ロイド／山野，山口，金山訳	320
663	ベンヤミンの現在	N.ボルツ，W.レイイェン／岡部仁訳	180
664	異教入門〈中心なき周辺を求めて〉	J.-F.リオタール／山縣，小野，他訳	242
665	ル・ゴフ自伝〈歴史家の生活〉	J.ル・ゴフ／鎌田博夫訳	290
666	方　法　3.　認識の認識	E.モラン／大津真作訳	398
667	遊びとしての読書	M.ピカール／及川，内藤訳	478
668	身体の哲学と現象学	M.アンリ／中敬夫訳	404
669	ホモ・エステティクス	L.フェリー／小野康男，他訳	
670	イスラームにおける女性とジェンダー	L.アハメド／林正雄，他訳	422
671	ロマン派の手紙	K.H.ボーラー／髙木葉子訳	382
672	精霊と芸術	M.マール／津山拓也訳	474
673	言葉への情熱	G.スタイナー／伊藤誓訳	612
674	贈与の謎	M.ゴドリエ／山内昶訳	362
675	諸個人の社会	N.エリアス／宇京早苗訳	308
676	労働社会の終焉	D.メーダ／若森章孝，他訳	394
677	概念・時間・言説	A.コジェーヴ／三宅，根田，安川訳	448
678	史的唯物論の再構成	U.ハーバーマス／清水多吉訳	438
679	カオスとシミュレーション	N.ボルツ／山本尤訳	218
680	実質的現象学	M.アンリ／中，野村，吉永訳	268
681	生殖と世代継承	R.フォックス／平野秀秋訳	408
682	反抗する文学	M.エドマンドソン／浅野敏夫訳	406
683	哲学を讃えて	M.セール／米山親能，他訳	312
684	人間・文化・社会	H.シャピロ編／塚本利明，他訳	
685	遍歴時代〈精神の自伝〉	J.アメリー／富重純子訳	206
686	ノーを言う難しさ〈宗教哲学的エッセイ〉	K.ハインリッヒ／小林敏明訳	200
687	シンボルのメッセージ	M.ルルカー／林捷，林田鶴子訳	590
688	神は狂信的か	J.ダニエル／菊地昌実訳	218
689	セルバンテス	J.カナヴァジオ／円子千代訳	502
690	マイスター・エックハルト	B.ヴェルテ／大津留直訳	320
691	マックス・プランクの生涯	J.L.ハイルブロン／村岡晋一訳	300
692	68年－86年　個人の道程	L.フェリー，A.ルノー／小野潮訳	168
693	イダルゴとサムライ	J.ヒル／平山篤子訳	704
694	〈教育〉の社会学理論	B.バーンスティン／久冨善之，他訳	420
695	ベルリンの文化戦争	W.シヴェルブシュ／福本義憲訳	380
696	知識と権力〈クーン，ハイデガー，フーコー〉	J.ラウズ／成定，網谷，阿曽沼訳	410
697	読むことの倫理	J.ヒリス・ミラー／伊藤，大島訳	230
698	ロンドン・スパイ	N.ウォード／渡辺孔二監訳	506
699	イタリア史〈1700－1860〉	S.ウールフ／鈴木邦夫訳	1000

			（頁）
700	マリア 〈処女・母親・女主人〉	K.シュライナー／内藤道雄訳	678
701	マルセル・デュシャン 〈絵画唯名論〉	T.ド・デューヴ／鎌田博夫訳	
702	サハラ 〈ジル・ドゥルーズの美学〉	M.ビュイダン／阿部宏慈訳	260
703	ギュスターヴ・フロベール	A.チボーデ／戸田吉信訳	470
704	報酬主義をこえて	A.コーン／田中英史訳	604
705	ファシズム時代のシオニズム	L.ブレンナー／芝健介訳	480
706	方　法　4．観念	E.モラン／大津真作訳	446
707	われわれと他者	T.トドロフ／小野潮訳	
708	モラルと超モラル	A.ゲーレン／秋澤雅男訳	
709	肉食タブーの世界史	F.J.シムーンズ／山内昶監訳	
710	三つの文化 〈仏・英・独の比較文化学〉	W.レペニース／杉家，吉村，森訳	548
711	他性と超越	E.レヴィナス／合田，松丸訳	200
712	詩と対話	H.-G.ガダマー／巻田悦郎訳	302
713	共産主義から資本主義へ	M.アンリ／野村直正訳	242
714	ミハイル・バフチン　対話の原理	T.トドロフ／大谷尚文訳	
715	肖像と回想	P.ガスカール／佐藤和生訳	232
716	恥 〈社会関係の精神分析〉	S.ティスロン／大谷，津島訳	286
717	庭園の牧神	P.バルロスキー／尾崎彰宏訳	
718	パンドラの匣	D.&E.パノフスキー／尾崎彰宏，他訳	
719	言説の諸ジャンル	T.トドロフ／小林文生訳	
720	文学との離別	R.バウムガルト／清水健次，他訳	406
721	フレーゲの哲学	A.ケニー／野本和幸，他訳	308
722	ビバ リベルタ！ 〈オペラの中の政治〉	A.アーブラスター／田中，西崎訳	478
723	ユリシーズ グラモフォン	J.デリダ／合田，中 訳	210
724	ニーチェ 〈その思考の伝記〉	R.ザフランスキー／山本尤訳	440
725	古代悪魔学 〈サタンと闘争神話〉	N.フォーサイス／野呂有子監訳	844
726	力に満ちた言葉	N.フライ／山形和美訳	466
727	法理論と政治理論 〈産業資本主義における〉	I.マウス／河上倫逸監訳	